"葵"

ヒカルが地球にいたころ……①

野村美月

JN264185

ファミ通文庫

イラスト／竹岡美穂

いつのときだったろう。

すべてのきらめきを身にまとい、あらゆる花に愛された帝門《みかど》ヒカルが、突然の事故で亡くなった。

まだ十六にもなっていなかった——。

携帯《けいたい》で、彼の死の知らせを聞きながら、わたしは虚《うつ》ろに記憶を辿《たど》る。

ヒカルに逢《あ》いたくて、逢いたくて、理性と慎《つつし》みという名の衣《ころも》を脱ぎ捨てたこと。魂《たましい》が体を離れ、ぬばたまの闇《やみ》を飛翔するように、ただ逢いたくて逢いたくて逢いたくて、ぬかるむ土の道を、脛《すね》や足首を切《き》り裂《さ》く草むらを、体を貫《つらぬ》くような冷たい雨の中を、彼のもとへ急いだこと。ああ、あれは昨日の夜のことだった。

たとえ物《もの》の怪《け》になっても、行かないわけにいかない。

わたしを支配するあのひとは、残酷《ざんこく》で、我《わ》が儘《まま》で、嘘《うそ》吐《つ》きで、どうしようもなく淋《さび》しがりの、愛《いと》しい男だった。

許されない恋であることも、忌《い》むべき大罪であることも、周りの誰《だれ》にも祝福されないことも、はじまったときからわかっていたはずだ。自らの身を抉《えぐ》り、貫き、焼き焦がすような——痛みと絶望しか伴《ともな》わない苦しい恋だと。辛《つら》い恋だと。

決して他人に気づかれぬよう、月の光も射し込まない闇の中でだけ愛し続けると、指を噛《か》んで誓《ちか》いあったのではなかったか。

一生のヒメゴトだと。

なのに何故、ヒカルは昨夜、あんな言葉を口にしたのか。

凍えるような雨を浴び、生と死のぎりぎりの境目《さかいめ》で、ヒカルが見せたあの顔——。

わたしだけが見た、あの表情、あの瞳、あの行為。

あれは恋に対する、残酷な裏《うら》切《ぎ》りだった。

ヒカル、あなたは、
あのとき、
なにを想っていたの？

一章　おまえ、死んでんだろ

（うおっ……女ばっかじゃねーか）

葬儀《そうぎ》会場を見渡して、是光《これみつ》がまず驚《おどろ》いたのがそれだった。

上品なブレザーと、ひだの入った黒いスカートの組み合わせは、是光たちが通う平安学園の制服だが、他にもワンピースやセーラーや、ベストやボレロやリボンなど、女子の制服にはこれほどバリエーションがあったのかと呆《あき》れるほど、形も色合いも様々な制服であふれ返っている。

それだけではない。

こ洒落《じゃれ》た黒い服に身を包んだ女子大生風の女性が、

「ヒカルくん、ヒカルくん」

と、しゃくりあげる横で、ＯＬ風の知的な感じの女性がハンカチを顔にあて肩を小さく震《ふる》わせている。その後ろでは、セレブなマダム風の女性が、涙のにじむ目を伏せ、はてには、小学生ほどの幼い女の子まで、うさぎのように赤い目からぼろぼろ涙をこぼしている。

校内の掲示板で葬儀の日程と会場を確認し、ここまで足を運んだことを、是光は早くも後悔していた。

泣《な》き濡《ぬ》れる女たちの中で、口を、むっつりとへの字に曲げている、ばさばさの赤い髪《かみ》の目つきの鋭《するど》い猫背ぎみの男子高校生は、正直浮いている。

ときおり、参列者が怪訝《けげん》そうに是光を見る。

平安学園の制服を着た少女たちも、何故《なぜ》悪名高い新入生がいるのかと驚いている様子だった。

が、誰《だれ》も理由を尋《たず》ねに来たりしない。近づいたら噛《か》みつかれるとでも思っているらしく、ぎこちなく目をそらして離れてゆく。

もし理由を問われても、是光自身、答えに窮《きゅう》してしまっただろう。

(まったく、なんだって俺は、ろくに話したこともないリア充《じゅう》野郎の葬式に、来てるんだろうな)

白檀《びゃくだん》の香りが立ちこめるホールの正面に飾《かざ》られた、帝門《みかど》ヒカルの遺影《いえい》を見上げる。

白いトルコキキョウや百合やカーネーションに囲まれ、天使のように美しい少年が微笑《ほほえ》んでいる。

透《す》けそうに白い肌、澄んだ瞳《ひとみ》、すっきりとした鼻筋も形のよい唇《くちびる》も、華奢《きゃしゃ》な首筋も、どこか少女めいた清楚《せいそ》さと甘さがあった。

そう、校内ではじめて会ったときも、なんで女が男の制服を着ているのかと思ったのだ。

その——不思議《ふしぎ》な響《ひび》きを持つ声をした人なつこい少年が、学園の皇子《おうじ》と呼ばれていることを知ったのは、その直後だった。

〝王子〟ではなく〝皇子〟なところが、〝ヒカルの君〟の雅《みやび》やかさを表しているのだと、中等部からの持ち上がり組の女子が、高等部から入学した女子に夢中で話しているのを、背中越しに聞いた。

とにかくすっごく人気があって、附属幼稚園《ふぞくようちえん》の頃から女の子にモテまくりだったのだと。

お金持ちの子息の多い学園の中でも、家柄も資産も飛び抜けていて、なのにどの女の子にも、とろけるほどに優しいのだと。

やっぱりあいつは、自分には縁《えん》のないイケメンのリア充だったかと、あのとき思った。

帝門ヒカルが何故か、初対面の是光に爽《さわ》やかな笑顔で話しかけてきて、

『きみに頼みたいことがあるんだ』

と言ったのも、なにかの間違いだったのだろうと。

それでも〝頼みごと〟がなんなのかは、ずっと気になっていた。

だから、それがはっきりする前にヒカルが亡くなったと聞いたとき、耳を疑《うたが》った。ゴールデンウイークに信州の別荘に滞在中、雨で流れが激しくなった川に転落したらしく、溺死《できし》だったという。

わずかだが言葉を交わしたことのある相手が、たった十五歳で生命を終えたことは衝撃《しょうげき》だったし、命の無常さや儚《はかな》さを感じた。父が亡くなったときのことを思い出し、胸が苦しくなりもした。

そんな風に、はっきり形容することの困難な雑多な感情が混じり合い、細かな雨が降りしきる中、葬儀会場へ足を運んだのだった。

会場のパイプ椅子《いす》にむっとした顔で座り込み、目を細くすがめて遺影を見上げる是光を、女たちの嫋《じょうじょう》々とした声が包む。

ヒカルは、本当に綺麗《きれい》な子だったのに。

優しい子だったのに。

笑顔の涼やかな子だったのに。

美しい声をしていたのに。

芸術家のように、繊細《せんさい》な指をしていたのに。

気まぐれだけど、憎めなかった。

淋《さび》しがりなところが、愛《いと》おしかった。

この世のありとあらゆる幸せを約束されていたような子だったのに。

光に包まれて、生まれてきたような子だったのに。

会場中が、若すぎた少年の死を悼《いた》み、泣いている。
ひそやかなすすり泣きが、葬送と追憶《ついおく》のメロディを奏《かな》でている。
彼女たちの気持ちに同調し哀《かな》しみにひたるには、是光は故人を知らなすぎた。
ひたひたと押し寄せる波のような悲哀が皮膚《ひふ》に染みこんでくるのに、少しの嫌悪《けんお》と申し訳なさと、居心地《いごこち》の悪さを感じていたとき。

親族席にいる女性に気づいた。

まだ若い。

二十代前半くらいだろうか。

今にも折れそうな一輪の花のようで、ほっそりした肢体《したい》を、ワンピースではなく、黒い和服に包み、髪を後ろでひとまとめにしている。

横顔がちらりと目に入った瞬間、是光は息をのんだ。


帝門……!?


一瞬、帝門ヒカル本人が、そこに座っているように錯覚《さっかく》する。

それほど、彼女とヒカルは似ていた。

光にあたると金色に透けて見える、やわらかそうな髪も、新雪のように白い肌も、上品な目鼻立ちも、花びらのような唇も、ほっそりした首筋も。

白く儚げな顔を涙で濡らし、目を伏《ふ》せ気味《ぎみ》にしている。

(帝門の姉さん……か?)

その女性が、ゆっくりと、微笑んだ。

目から涙をこぼしているのに、唇がほころんでいる。

どこか安らかな――美しい笑み。

葬儀会場に不釣り合いなおだやかな笑みを、是光はむせ返りそうなほどの白檀の香りに半ば酔いながら見つめていた。

なんで……笑っているんだ？

あんなに綺麗に。あんなに――嬉《うれ》しそうに。

なんで、葬式で……。

ヒカルの姉らしき女性が笑みを浮かべたのは、ほんの一瞬の出来事で、まるで幻《まぼろし》のようだった。

ぼんやりしている是光の耳に、そのとき、思考を断ち切るような鋭い声が響き渡った。


「バカみたい！」


ぎょっとして声のほうへ視線を向ける。

ヒカルの遺影の正面に、平安学園の制服を着た少女が立っていた。

長い黒髪を背中にたらし、黒いリボンを結んでいる。どこか幼げな雰囲気《ふんいき》で、良家のお嬢様《じょうさま》といった外見のその少女は、こぼれそうに大きな瞳に激しい怒りと侮蔑《ぶべつ》を浮かべ、固く握った両手を震わせて、遺影の中で微笑むヒカルを睨《にら》んでいた。

わななく赤い唇から、また激しい言葉が放たれる。

「川で溺《おぼ》れ死《じ》にするなんて、本当にバカみたい！　みっともない！　絶対、女に刺されて死ぬと思ってたのに。浮気ばかりしてるからバチがあたったんです！」

「よしなさい、葵《あおい》」

すぐに、同じ制服を着た背の高い大人びた少女がやってきて、肩を抱いて会場の外へ連れ出そうとする。

黒いリボンの少女は彼女に促《うなが》されながら、ヒカルの遺影を振り仰いだ。

こわばり青ざめきった横顔に、是光はドキッとした。

怒りと痛みと苦しみがせめぎあっているような、危うい表情――。

幼げな唇を動かし、侮蔑しきった鋭い声で少女は言った。


「嘘《うそ》つき」


まるで、自分が胸を鋭い槍《やり》で突かれたような気がした。

実際、心臓《しんぞう》のあたりに、鋭い痛みが走った。

（おいおい……なんて修羅場《しゅらば》だ）

会場は瞬間的に静まり返ったあと、ゆっくりとざわめきを取り戻した。

みんなひそひそと、今見た出来事について話している。

嘘つき——。

是光の中にも、少女の非難に満ちた声や、激しい目つきや苦しげな表情が残っている。

嘘つき、
嘘つき、

（帝門のやつ、天使みたいな清純なツラして、葬式で女にあんなこと言われるなんて。一体なにをしたんだ）

むきだしの痛みのこもった声が、耳の奥で繰《く》り返《かえ》し、嘘つき、と叫んでいる。

ヒカルが死んだあとまでも、怒りをぶつけずにいられなかったあの少女は、ヒカルとどういう関係だったのだろう。

ヒカルは、どんな嘘をついたのだろう。

（まぁ……俺には、関《かか》わりのないことだけど……）

やがて読経《どきょう》がはじまり、会場は再び厳粛《げんしゅく》な雰囲気に包まれた。

親族席にいるヒカルによく似た若い女性も、じっとうつむいている。

ヒカルに非難を浴びせた黒いリボンの少女のことも、すでに是光の頭から薄れはじめていた。

ただ、焼香《しょうこう》の順番が回ってきたとき、香をつまみ、目を閉じ頭を下げながら、

（頼みたいこと、ってなんだったんだ）

と、心の中でつぶやいた。

もちろん、棺《ひつぎ》に納められたヒカルの遺体《いたい》が、答えるわけはないのだが。

葬儀が終わって会場の外へ出ると、細かい雨が残っていて、空気は湿っぽく辺りは薄暗かった。

（傘《かさ》、差すの面倒くせぇな……）

そのまま濡れた地面に足を踏み出したとき。

——赤城《あかぎ》くん。

名前を呼ばれたような気がして。

立ち止まって、振り返った。

（……空耳、か）

すぐ後ろに、学園の制服を着た女の子が二人いて、びくっと肩を跳《は》ね上《あ》げ硬直する。

それを見て苦い気持ちになりながら、背中を丸めて歩き出した。

なんであんな素行《そこう》の悪い人が、ヒカルの君のお葬式に来てたんだろうね。

ひそひそ話が背中から聞こえてきて、舌打ちした。

◇　◇　◇

誤解されやすい人間というものが、世の中に存在する。


赤城是光十五歳の不幸は、まずその見てくれにあった。

すねているような、ふてくされているような、ガンを垂れているような、上目遣《うわめづか》いの目。不機嫌《ふきげん》そうに下に曲がった口。引きつった頰《ほお》。

可愛《かわい》げや愛想《あいそ》というものが欠片《かけら》もなく、雰囲気が暗い。ここに鋭い眼光や、痩《や》せ過《す》ぎで猫背気味の体型や、ばさばさの赤茶けた髪を加えてゆくと、完璧《かんぺき》にヤンキーにしか見えない。

思い返せば幼少時代から、誤解のフルコースだった。

幼稚園では、是光の目つきの悪さにびびった子供たちから遠巻きにされ、小学校の入学式では、隣《となり》に座った女の子が、いきなり『うわーん』と泣き出し、他の子たちもつられて大泣きし、騒然《そうぜん》となった。

何故か是光が女の子をいじめたことになり、母親たちから『あの子と遊んではいけません』とマークされ、孤独な日々を過ごした。

中学では、校舎裏でウンコ座りで集会を開いているような先輩《せんぱい》たちに、やたらと因縁《いんねん》をつけられ、それを命がけでさばいているうちに、ケンカ番長とか、ヤンキーキングとか呼ばれ、危険物扱いされ、三年間一人の友達もできなかった。

そうして、忘れもしない卒業式。

別れを惜しみ涙しあうクラスメイトたちから一人離れ、枯れかけた桜の木の下に、ぽつねんと立ちながら、

(このままじゃいかん)

さすがに是光も考えたのだった。

高校では、赤い悪魔とか禍《わざわい》を呼ぶ男とか、目つきの悪い野良犬とか言われないよう気をつけよう。友達も作ろう。

そう決意していた。

ところが——。

入学式の前日、大通りの交差点でトラックにはねられ、まさかの入院、全治一ヶ月。

病院に駆けつけた、是光の保護者《ほごしゃ》で叔母の小晴《こはる》は、

「あんたって、なんで次から次へと問題起こすの！　せっかくお行儀《ぎょうぎ》のいい私立の名門高校に、奇跡《きせき》で合格したのに！　入学式から入院で欠席ってどういうこと？　赤信号の交差点でトラックにはねられたとか、小学生でもないよ！」

と怒り狂っていた。

そんな暗い入院生活からようやく解放され、記念すべき初登校日。

是光は、右腋に松葉杖を挟《はさ》み、左腕を三角巾でつるし、頭に包帯《ほうたい》を巻いた格好で、長《わた》長と続く、中庭の渡《わた》り廊下《ろうか》の真ん中で、立《た》ち往生《おうじょう》していた。

「くそぉっ、職員室はどこだ」

道を尋ねようとすると、みんな慌《あわ》てて左右に避《よ》けてゆくので、いつの間にかこんな人《ひと》気《け》のない場所まで来てしまったのだった。

広大な中庭には、枝葉を美しく整えた木や、大小の石が配置され、池や小川まである。平安学園は、附属幼稚園から大学まで一貫教育を謳《うた》う名門校なので、庭にも金をかけているのだろう。

冬に受験で訪《おとず》れたとき、トイレも庭も手入れが行き届いていて綺麗なのに感心し、こんなに上品な学校なら、改造制服にナイフを忍ばせているようなキレた先輩もいないだろう、クラスメイトともうまくやれるだろうと期待したものだ。

それが登校早々、遠巻きにされ、迷子とは――。

(くそ……っ、どいつもこいつも見た目で判断しやがって。親がマフィアで裏口入学とか、他校のヤンキー軍団と決闘《けっとう》して、相手を半殺しにして自分も入院してたとか、全部聞こえてんだよっ。陰口は本人が聞こえないようにやれ。それが最低限のマナーってもんだろ!)

すっかりやさぐれて、渡り廊下を松葉杖でコツコツ進んでいたとき。

前方の柱の影に、人がいることに気づいた。

柱に軽く寄りかかるようにして、たたずんでいる。ブレザーに包まれた細い肩と、スラックス――男か?

中庭から射し込む朝の光が、やわらかそうな髪にあたって、きらきらと金色に輝いている。

朝っぱらから、何故、こんなところに一人きりで突っ立っているのか。

けど、助かった。

あいつに、職員室の場所を聞こうと近づいていったとき、相手が是光のほうへ顔を向けた。

(あれ? 女、か?)

男にしては繊細で優しすぎる顔立ちに、軽く混乱する。何故、女が男の制服を着ているのだと。

（いや、やっぱり男……なのか？）

相手は澄んだ目をおだやかに細め、親しげといってもいい顔で微笑んでいた。そのまま、形の良い唇を動かす。

「赤城くん」

甘い声だった。

まるで声そのものに香りがあるかのように、ふくよかにやわらかに耳の奥へと広がってゆく不思議な声色に、足が止まる。

「きみ、一年生の赤城是光くんだろ、今日から登校したんだね？」

「……なんで、俺の名前、知ってんだ」

警戒《けいかい》する是光に、明るい口調で、

「すごい新入生が来るって話題になっていたもの。ヤンキー軍団と決闘して、一人で十人を半殺しにして、二十七代番長に就任した伝説のキングオブザヤンキー。その怪我《けが》も、決闘のときの名誉《めいよ》の負傷だって本当？」

是光に話しかけてくるやつは、めったにいない。しかも怯《おび》えもせず、是光の顔をまっすぐに見つめ返し、こんな涼しげな微笑みまで浮かべる生徒なんて。

なので、いきなり番長扱いされて腹を立てる以前に、疑いを持った。

番長だなんて言われてるやつに、よく平気で話しかけてくるな……。

見た目は女みたいだけど、度胸《どきょう》があるのか？　単に鈍《にぶ》いのか？　それともなにか企《たくら》んでいるのか？

顔をしかめたまま素《そ》っ気《け》なく、怪我はトラックにあたって吹っ飛んだからで、番長もリアルではこの地区には存在しない、そもそも自分もヤンキーではないと告げると、

「何故、トラックに体当たりなんかしたの？」

と、突っ込んできた。

「…………たまたまだ」

「すごいたまたまだね」

「……仕方ねぇだろ。実際、たまたまなんだから」

「ふぅん、けど、たまたまで、トラックになんかぶつかるかな」

「……」

この話はしたくなかった。

それに、あまり自然に話しかけてくるので、他人との会話に慣れていない是光は、胃の下のあたりがむずむずしてきた。

珍獣《ちんじゅう》でも観察するような眼差《まなざ》しも、気にくわない。

「……職員室、どこだ」

話を切ってぶっきらぼうに言うと、相手は気にした様子もなく、

「このまままっすぐ進んで、左に曲がった突き当たりの階段をのぼった二階だよ」

と、教えてくれた。

「そうか」

松葉杖を鳴らして、かたわらを通り過ぎようとしたとき、また呼び止められた。

「赤城くん、ぼく今日、古典の教科書を忘れちゃったんだ。きみ貸してくれない？」

は？

是光は一瞬思考が停止した。

何故、いきなり教科書？

しかし振り向くと、相手は澄んだ瞳で是光を見つめていた。

「……今日、うちのクラスは古典はねぇよ」

向こうの意図を量《はか》りかねながら答えると、

「え、あ、残念」

と、つぶやいたあと、またすぐ意味深に微笑んで、

「なら、今度、赤城くんのクラスに教科書を借りにゆくよ。そのとき、きみに頼みたいことがあるんだ」

頼みたいこと？　って、なんだ？

教科書貸して、から、頼みたいことがあるんだ、にレベルアップして、うさんくさげに眉根《まゆね》を寄せる是光に、

「ぼくは一組の帝門ヒカル。また会おう」

大きく手を振って、庭のほうへ走り去った。

真昼の光を集めたようなまばゆい笑顔を、是光の目の裏に焼き付けて。

向こうの松林のほうで、『きゃー、ヒカルの君！』『おはようございます、ヒカルの君！』という少女たちの嬌声《きょうせい》が聞こえた。

その声が遠ざかってゆくのを、惚《ほう》けた顔で聞いていた。

ゴールデンウイークの前日の出来事だった。

一週間後。

ギプスと松葉杖がとれて、是光が登校すると、視界に入る女生徒がみんな泣いていて、『ヒカルの君が、死んじゃうなんて』と、聞こえてきたのだった。

◇　◇　◇

（結局、帝門は教科書を借りに来なかったし、あの一回きりしか話しもしてねーんだけ

どな……）

薄暗い道を、けぶるような雨に濡れながら、家へ向かう。

葬儀場から、ずっとヒカルのことを考えている。

（仕方ねーか……）

一度きりの出会いにインパクトがあったのは確かだし、葬式でも色々あった。

帝門ヒカルという人間を知らないに等しいからこそ、軽やかな言動や、意味ありげな眼差しや微笑みが、是光の中に謎《なぞ》として残っている。

実際のヒカルは、どんなやつだったのか。

（もし、あいつが死なずに生きてたら……本当に教科書を借りにきたのかな）

教室の戸を勢《いきお》いよく開けて、まばゆいような笑顔で、

『赤城くん！　教科書を忘れちゃったんだ、借して！』

と朗《ほが》らかに呼びかけたのだろうか。

その光景が一瞬だけ頭をよぎったとき、胸の奥が強く擦《こす》れるような気がしたのは、十五歳で人生を終えた少年に対する、ささやかな感傷だったのかもしれない。

雨が少しだけ激しくなる。

祖父が離れで書道教室を営《いとな》む、古い木造建ての家に辿《たど》り着《つ》く頃、ぼさぼさの赤い髪は濡れて、まぶたや耳に張りついていた。

玄関《げんかん》の引き戸を開けると、叔母の小晴が粗塩《あらじお》を持って現れ、

「是光、背中向けな！」

きびきびした声で命じた。

袖《そで》まくりに裾《すそ》まくりのジャージと、無造作《むぞうさ》なまとめ髪は、小晴の普段のスタイルだ。バツイチ、出戻りの叔母は、在宅でパソコンを使って輸入の仕事をしている。是光は彼女と祖父の正風《まさかぜ》の三人暮らしである。

言われたとおりに背中を見せると、ぱらぱらと塩がはじける音がした。

(お浄《きよ》めにしてもかけすぎじゃねーか、塩漬けにする気か)

と思ったが、赤城家の最高権力者が祖父から叔母へ移りつつある現状を考慮《こうりょ》し、黙っている。

「よし、こっち向け」

前へ向き直ると、胸と足にも、塩がばしばし飛んできた。しめった服に、ところどころ塩の粒が張りついている。

「風呂《ふろ》が沸《わ》いてるから今すぐ入んな。そのあと晩メシだから、ぐずぐずすんじゃないよ」

男らしい口調で告げたとき。

耳の後ろで、くすっと笑い声がした。

「赤城くんちのお姉さんって、ワイルドで楽しそうな人だね。それに顔がきみとそっくり

だ」

（ん？）

一瞬、足を止める。

なんだ？　今、聞き慣れない声がしたような……。

（いや、また空耳だろう）

慣れない葬式なぞに出て疲れているのだと、是光は小晴が寄越《よこ》したバスタオルを頭にかけたまま、浴室へ向かった。

あたたかな湯につかれば、体も気持ちもほぐれ、頭もリフレッシュするに違いない。

制服のブレザーを脱ぎ、しめって不快感の増したシャツのボタンをはずし、下もすっかり脱ぎ捨てる。

浴室のガラス戸を開けたとき、またふくよかな甘い声がした。

「へぇ……、痩せて見えるけど、ぼくと違ってしっかり筋肉がついてるんだね。さすがキングオブザヤンキー」

俺はヤンキーじゃない。

いや、それ以前に、誰が話しているんだ？

祖父の声にしては若すぎる。小晴の声にしては優しすぎる。

「ぼくなんか脱ぐと大抵、綺麗ーとか、女の子みたいに真っ白ですべすべーとか、男として傷つくよね、あれ」

鼻先を甘くくすぐるようなふくよかな声は、以前、渡り廊下で聞いた少年の声に似ている。

しかし、その少年は先日亡くなったはずで、自分はまさに今日、彼の葬儀に参列し、焼香までして。

「きみの腕は、細いけどすごく硬そうだね。いいな、理想だよ」

空耳とは、こんなに長々と続くものだろうか？

声もえらく明瞭《めいりょう》で、ちょうど頭の斜め上あたりから降ってくる感じで――。

ぎこちなく顔をそちらへ向けた是光は、次の瞬間、絶叫した。

「うわああああああああああ！」

なんと！　学園の制服を着た天使顔の美少年が！　帝門ヒカルが！

浴室の天井《てんじょう》に！　湯気《ゆげ》と一緒に！

ふわふわ浮いていたのだ！

「あ、あれ？　もしかして、ぼくのこと見えてる？　赤城くん？」

向こうも、驚いている声を出す。

光に透けると金色になる髪が、そよ風に吹かれているように、小さな顔の周りをやわらかく舞っている。

浴槽《よくそう》の縁《ふち》をつかみ、のけぞって口をぱくぱくさせる是光を、ヒカルは丸い目で見おろしていた。湯気に包まれたその姿は、まさに天使の降臨《こうりん》だ。制服の代わりに白い布でも巻きつければ、神々しさに目がつぶれそうだ。

「お、おまえ、死んだはずじゃ……」

顔を上に向けたまま喘《あえ》ぐように言う。

そこへ小晴がやってきて、ガラス戸を開けながら叫んだ。

「どうした是光！　足をすべらせて頭でも打ったか！　また入院するとか言うんじゃないだろうね！」

夕飯の支度《したく》の途中《とちゅう》だったのか、右手に出刃包丁《でばぼうちょう》を握《にぎ》りしめている。

「こ、小晴……。あれ……」

是光はぷるぷる震える指先で、天井を差した。

そこには、制服の美少年が浮いている。余裕なのか、女性に対しては反射的にそうなってしまうのか、小晴に向かって微笑んだ。

小晴が十代の女子だったら、ソフトクリームみたいにとろけてしまったかもしれない甘い笑みだった。しかし小晴は、殺気に満ちた声で、

「はぁ？ ゴッキーでも張りついてんのかよ。女じゃあるまいし、その程度で、きゃーきゃー騒《さわ》ぐな」

「見えねぇのかよ！」

「ああ、ゴキもムカデもいねぇから」

制服の男がいるだろーが！ と口にしようものなら、出刃包丁で刺されそうな顔つきだった。

小晴がガラス戸をぴしゃりと閉めて去るなり、

「勇ましいお姉さんだね」

と、決めの笑顔をスルーされたヒカルが、肩をすくめて言う。

是光は頭の中で、

（落ち着け、落ち着くんだ）

と唱《とな》えながら、必死にこれまでの事象を整理した。

死んだはずの帝門ヒカルが、是光の自宅の風呂場にいる。

足はついているが、体がふわふわ宙に浮いている。

小晴には、ヒカルの姿は見えていない。

浴室の壁《かべ》にはめ込まれた鏡を、おそるおそる横目で見る。そこに映っているのは、素っ裸の是光と湯気だけだ。

再びヒカルを見上げる。

やっぱりいる。

鏡を見る。

すねた目をした赤い髪の少年が、青ざめきった顔で、こちらを見ている。

「あのさ、赤城くん」

いきなり声が近くなった。

「！」

振り返ると、是光の真後ろにヒカルがいて、興奮《こうふん》して牙をむき出しにして唸っている犬を、根気《こんき》よくなだめようとする調教師《ちょうきょうし》のように、おだやかな顔つきで言った。

「さっき赤城くんも指摘《してき》したように、ぼくはもう死んでるんだ。だから、ここにいるぼくは幽霊なんじゃないかと思う。うん、きっとそうだ。幽霊の定義って、よくわからないけど、それが一番簡単そうだし、SFよりファンタジーのほうが好きだから、そういうことにしておこう。きみもそう解釈してくれていいよ、赤城くん」

（よくねーよ！　なに一人で納得《なっとく》してんだ！　つか、いきなり死人が現れてしゃべり出すとか、当事者にはファンタジーじゃなくてオカルトだ！）

心の中で突っ込むが、声が出ない。

そもそも幽霊なぞ信じるのは、小学生低学年までで――けど、帝門ヒカルの姿は鏡に映っていない。

常識と現実の狭間《はざま》で葛藤《かっとう》する是光に、

「ほら、見て」

と、ヒカルがほっそりした白い腕をのばし、是光の腕に触れてきた。その手は、是光の皮膚と肉と骨をすり抜け、向こう側に突き出てしまう。

声が出そうになるのを無理矢理飲み込む。自分の腕から他人の腕が生えている図なんて、一生お目にかかりたくなかった。あまりのシュールさに、ムカデが背筋を這《は》っているみたいに、ぞわぞわする。

慌てて腕を胸のほうへ引き寄せ、幾度か息を飲み、口を開いた。

「か――仮に、これが俺が見ている夢ではなく現実で、おまえが本当に幽霊だとして、何故いきなり俺の家の風呂場に現れるんだ」

友達ではない。

クラスメイトですらない。

言葉だって、たった一度しか交わしたことはないのに。

ヒカルは吸い込まれそうに澄んだ眼差しで、是光を見つめた。

「いきなりじゃないよ。斎場《さいじょう》からずっときみの〝上〟にいたよ。斎場で『赤城くん』って呼んだら、振り向いてくれたじゃないか」

その言葉に動揺する。

確かに帰り際、声が聞こえたような気はした。誰かに名前を呼ばれたような。じゃあ、あのときから、こいつは俺の上にふわふわ浮いてたっていうのか！　帰り道も、俺の頭の後ろに、ずっとくっついてたって？

想像したら目眩《めまい》がした。ヒカルは涼しい顔で、

「あのとき、赤城くんに取《と》り憑《つ》いたんじゃないかな。幽霊用語的に」

「おい！　なんで俺なんだっ。俺がいつおまえに恨《うら》まれることをした？　実は二十七代番長の座を狙《ねら》っていたのか？　俺に先を越されたと思って決闘でも申し込むつもりだったのか？　それで渡り廊下で声をかけてきたのか？　だったら、今すぐくれてやるから勝手に戒名《かいみょう》にでもしろ。なんならおまえの墓に俺が彫刻刀《ちょうこくとう》で刻んでやる」

こめかみをぴきぴき引きつらせてまくしたてると、ヒカルは爽やかに微笑んで、

「やだな、きみに恨みなんかないよ」

「じゃあなんだ」

是光が睨むと、しれっとした顔で、

「予約、しただろ？」

「は？」

是光は惚けた。

予約ってなんだ？

「ぼくが教科書を借りに行ったら貸してほしいって。そのとき、きみに頼みたいことがあるって」

少女のように綺麗な顔で、にこにこと是光を見つめる。

目をそらしたい気持ちだったのにもかかわらず、是光はヒカルのほうへ身を乗り出していた。

「おい、その頼みって、一体なんだったんだ」

ヒカルが亡くなったと聞いたときから、喉《のど》に骨が刺さったように、気になって仕方がなかったのだ。

ヒカルは自分に〝なにを〟頼みたかったのだろう。

見ず知らずで、初対面の自分に。

すでに凶暴なヤンキーと噂《うわさ》が広まって、避けられまくっていた自分に。

ヒカルの口元から笑みがすーっと消え、ゆっくりと切なそうな眼差しになった。眉を下げ、目を静かに細めたまま沈黙する。

「……」

(おい、何故いきなり黙る？　そんな、憂《うれ》いに満ちた目で俺を見る？)

急にどシリアスな顔をされて、是光は首の裏がむずむずした。

沈黙が気になり、気まずさに汗が噴き出てきたとき、ヒカルが口元を小さくほころばせた。

「あれは……もういいや」

小さな声で、ぽつんと言う。

「はぁっ？　なんだ、そりゃ！」

つい乱暴な口調になってしまった。こっちは夜も眠れないほど考え続けていたのに、その答えは有り得ない。

「もういいとか流さず、ちゃんと言えよ、おまえ」

頬をふくらませる是光に、ヒカルはほっそりした白い手をすまなそうにあわせた。

「ごめん、実は死んだとき、軽く記憶がふっ飛んじゃったみたいで、よく覚えてないんだ」

ホントかよ？　と、疑惑《ぎわく》の視線を向けるが、ヒカルはにっこりして、

「けど、せっかく予約をとったんだし、死後もこうして会えたんだから、代わりの頼みごとを引き受けてくれないかな」

「代わりの頼みごとだとぉ？」

ヒカルが人なつこく、うなずく。

「うん。そのために、ぼくはきみに取り憑いたんだと思う。きみに助けてほしくて」

是光を見つめるヒカルの瞳には、思わず引き込まれてしまいそうな、不思議な引力があった。

学園の皇子。

そんな浮世離れしたあだ名で呼ばれていたことを納得させてしまうだけの、深さと輝きと、高貴さが。


――ぼくは、なにをしても許される身なんだよ。


華やかな笑顔で、今にもそんなことを言い出しそうな。

やばい。

よくわからないが、本能が危険信号を発している。

このままずるずる相手のペースにはまってしまいそうな嫌な予感が、全身を稲妻のように駆け抜けたとき。

「是光！　いつまで風呂場で独り言叫んでんだ！　ゴキとお友達にでもなったのか！　さっさと上がれ！」

再び、小晴がガラス戸を開けて叫んだ。

「お、おう」

是光はかろうじて桶《おけ》で下半身をガードし、答えた。

「……ぼくって、ゴキブリ？」

ヒカルがものすごく哀しそうにつぶやいた。

◇　◇　◇

「うわ！　ちゃぶ台って、まだ日本に存在してたんだね」

居間で、小晴と祖父と三人で夕飯を食べている間、ヒカルはまるで下々の暮らしにはじめてふれた皇子様のように、物珍《ものめずら》しげに部屋の中をふよふよ浮遊し、なにか見つけては、いちいち感嘆し、まじまじと眺《なが》め、にっこりしたり目を丸くしたりしていた。

「あっ、里芋《さといも》の煮っ転がしだ！　つやつやしてて美味《おい》しそうだね〜、いいなぁ、おふくろの味だねっ、ぼくも食べたいな～」

箸《はし》で里芋をつまんで口へ入れようとしているところを、ひもじそうに見つめられて、是光は鼻白んだ。

（おまえ、幽霊だろ、メシ食えねーだろ）

突っ込みたいが、祖父も小晴も、普段通りむすっとした顔で、それぞれの食事を続けているので言えない。

（本当に、じいさんたちには、こいつは見えてないし声も聞こえてねーんだな）

その事実に、あらためて苦い思いが込み上げる。

「ねぇねぇ、この掛け軸の字、達筆だね、誰が書いたの？」

（じいさんだよ）

「こっちのタヌキの置物ってなに？」

（知るか）

「わわっ、この襖《ふすま》、和紙を貼《は》って補修《ほしゅう》してある。あっ、こっちも！　自分たちでやったの？　器用だなぁ」

（んな、細かいとこまで、しげしげ見るなぁぁぁっ！）

箸と椀《わん》を持ったまま睨んでいたら、

「是光っ、さっきからなにきょろきょろしてんだ」

小晴に注意され、戦前生まれの祖父からも、

「飯粒をこぼすな、罰《ばち》があたるぞ」

と叱《しか》られ、首をすくめた。

ヒカルは「あ、こっちは千代紙で補修したんだね、亀の形に切ってある……」などと興味津々《しんしん》で襖を眺めている。

かと思ったら、

「赤城くん、こけしが！　こけしが一杯並んでるよー！　こけし集めてるの？　こけし可愛いよね、この細い目がジャパニーズビューティーだよねっ」

と、また興奮する。

（少しは落ち着け！　死んでんだから）

是光のこめかみは、ひくつきっぱなしだった。

といっても、幽霊らしく部屋の隅《すみ》から恨めしそうにじぃっと見つめられても、困るのだが。

とにかく一刻も早く、このおしゃべりな幽霊を、祖父と小晴がいるこの部屋から引き離さなければ。

さもないと、是光が挙動不審《きょどうふしん》に思われる。

いつもはお代わりする飯を一膳《ぜん》で切り上げて立ち上がり、

「行くぞっ」

とドスをきかせた声でうながしたら、

「自分の部屋へ行くのに、なにカッコつけてんだい、おまえは討《う》ち入《い》りに行くヤクザか」

と、小晴に突っ込まれた。


「まず、話を聞く前に、座れ」

自室に入り戸を閉めるなり、畳《たたみ》に座布団《ざぶとん》を投げ置き、厳《きび》しく命じた。

「赤城くん、座布団まで出して歓迎してくれるのは嬉しいけど、ぼくは幽霊だから、座布団はあまり意味はないかと。でも、きみの気持ちは受け取っておくよ」

膝を軽く曲げた体勢で、宙にふよふよ浮きながら、ヒカルが爽やかに言う。

「誰も歓迎なんてしてねぇっ！　目の前でふわふわされると背中がぞわつくから、地面に足をつけろ——いや、この場合は膝をつけろか——とにかく、話を聞いてほしけりゃ、それらしい態度を見せろ！」

青筋を立てて怒鳴《どな》ると、

「うん、わかったよ」

ヒカルは案外素直に膝をきちんとそろえて、座布団の上に正座した。

猫背気味の是光より、よほど美しく背筋の伸びた、お作法通りの〝正座〟だった。膝がやや座布団にめり込んでしまっている以外、完璧だ。

「これでいい？　ぼくの話を聞いてくれる？」

と清楚に微笑む。

（なんか……こいつ……調子が狂うな）

と思いながら、是光は畳の上にどかっとあぐらをかいた。

「まぁ、聞くだけならな」

「できれば協力もお願いしたいんだけど。実は、心残りな女の子がいるんだ。もうすぐその子の誕生日でね。ぼくはライラックの枝に手紙を結んで、ゴールデンウイークの最終日に彼女の家に届くように贈《おく》ったんだよ」

何故、わざわざ木の枝に手紙を結ぶ？　メールや電話じゃいかんのか？　と是光は釈《しゃく》然《ぜん》としなかった。

ヒカルの目と唇が甘くほころぶ。

恋人に送ったその手紙には、

『これはひとつめの誕生日プレゼントです。きみの誕生日に、あと六つプレゼントを用意しているので、楽しみにしていてください』

と書いたらしい。

（女ってやつは、七つも誕生日プレゼントをもらわなきゃ満足しねー強欲な生き物なのか？　誕生日のたびにプレゼントを七つずつ贈ってたら、えらい出費だ。それ以前に、よく七つも女にやるプレゼントを思いつくもんだぜ）

是光には異次元の話に思える。

けれど、ヒカルはえらく切なそうに目を伏せた。

「ごらんのとおり、ぼくは死んじゃって約束をはたせない。代わりに、きみが彼女に残り六つのプレゼントを渡してくれないか」

「頼みって、女がらみかよ」

「うん、とっても大切な子なんだ」

まつげをそっと上げ、またやわらかな、幸せそうな笑みを浮かべる。逆に是光は最強のしかめっ面になった。

「断る」

「えええっ！　ちょ、ちょっと、速い、速いよっ。赤城くん」

それまで幽霊のくせにどこか暢気《のんき》だったヒカルが、はじめて動揺《どうよう》する。

是光はむっつりしたまま、

「女がらみの頼みごとは、ごめんだ」

「なんで！」

「じいさんに、女には近づくなと言われている」

「なに、それ」

「二十年前、じいさんの女房——つまり俺の祖母にあたる女は、第二の人生をスタートするとか言って、離婚届《りこんとどけ》を置いて出ていったそうだ」

以来、祖父の口癖《くちぐせ》は『これだから女は』になり、バツイチで『男なんて』が口癖の小晴と諍《いさか》いが絶えない。小晴に言わせれば、祖母は祖父に愛想をつかして当然ということなのだが。

「そ……それは、おじいさまはショックだろうね。けど、おばあさまだけが、女性のすべてというわけじゃないし」

「俺の母親にあたる女は、俺が小学一年生のときに、俺と親父を置いて他の男と駆け落ちしやがったぞ」

「うっ！」

ヒカルが声を詰まらせる。

「しかもその男は、俺のクラス担任で」

「ええっ」

「親父が心筋梗塞《しんきんこうそく》で亡くなったのは、その半年後だった」

「そ、そう……なんだ。今まで、大変だったんだね。お、お父さまも、本当にお気の毒で……けどっ、ぼくの彼女は離婚届も出さないし、駆け落ちもしないし、きみに彼女とつきあってとか結婚してとか頼んだりしないからっ。ただ、誕生日に、ちょこっとプレゼントを渡してくれるだけで、ぼくは心おきなく成仏《じょうぶつ》できるんだけどな。ほら、ぼくがずっと取り憑いたままだと、きみも困るだろ！」

言うことをきいてくれないと取り憑いたままだよ、と暗に脅《おど》しながら、ヒカルが情けない顔で、かき口説《くど》く。

「ねぇ、お願い。大事な、大事な、約束なんだ。ぼくは友達もいないし、赤城くんにしか頼めないんだ！」

「友達がいないだと？　嘘つけ。おまえ、モテモテのリア充じゃねーか」

そんなきらきらした外見に生まれて、性格も人なつこくて爽やかで、学園の皇子様で、きゃあきゃあ騒がれていたくせして、よく〝友達がいない〟なんて言えたものだと、本当に友達が一人もいない是光は苛《いら》ついた。

そうとも、体育や美術の時間に『二人組になってくださーい』と教師に指示されたとき、常にあぶれてしまう人生を送ってきた者の痛みが、こんなちゃらいやつにわかるはずがない。

ちょっと職員室の場所を尋ねようとしただけで、蜘蛛《くも》の子を散らすように逃げられ、休み時間に話をする相手もいない。たかだか十分の時間をもてあまし、延々と予習復習をするしかないハブられ者の苦しみが、おまえのようなアマちゃんにわかるものか。

と、ヒカルが哀しげに肩を縮め、うつむいた。

「本当だよ……。ぼくは確かに幼稚園の頃から女の子に好かれやすくて、クラス中の女の子がぼくの彼女になりたがって、初等部の学級会で『ヒカルくんは、みんなのものだから、抜けがけは禁止にしましょう』なんて話し合いの結果、協定が結ばれるほどだったけど」

……それは自慢《じまん》か。てか、そんなことを多数決で決める小学生は嫌だ。

ますます口がへの字に曲がってゆく是光に、

「でも、そのせいで男の子には、いつも仲間はずれにされていたんだ」

是光の耳が、ぴくりと動く。

(仲間はずれ……だと？)

「体育の時間に、二人組でなにかするときも、誰もぼくと組んでくれなくて」

是光の耳が、さらにぴくぴくと反応する。

「中等部に進学してからも、体育館の裏に呼び出されて、ぼくが彼女を横取りしたって因縁をつけられたり……ひどい噂を流されて、クラス中の男子に口をきいてもらえなかったり」

その様子を想像し、是光は胸がふさがれる思いがした。

悪評を立てられハブられる苦しみは、誰よりも知っている。

昼休みの一人メシ。クラスメイトたちの楽しげなおしゃべりを背中で聞きながら、黙々と箸を動かし続けたあの日々。あまりに暇《ひま》で、机にコンパスで描いた落書きに、〝サム〟とか〝ジョン〟とか名前をつけ脳内で会話したこと。

次々思い出され、目頭が熱くなった。

そうか、こいつも、あの辛《つら》さを知っているのか。

あの切なさを越えて来たのか。

幽霊になるほど心残りなことがあったのに、友達のいない、ぼっちなこいつには、俺しか頼るやつがいないんだな。

そうか、そうなのか。

辛いよな、くそっ。

「し……仕方ねぇ……。プレゼントを渡すだけだぞ」

そっぽを向き、目をしばたかせ、ぶっきらぼうに告げると、ヒカルがホッとしたように声を上げた。

「ありがとう！　赤城くんなら力になってくれると思ったんだ。本当にありがとう」

まっすぐな感謝と信頼の言葉に、喉に熱いものが、ぐっと込み上げる。

「便所……っ、行ってくる」

目の縁ににじむ塩辛い汁を見られないよう顔を伏せ、そそくさと部屋を出る。

トイレのドアを開け、指で汁をぬぐい息を吐き、パジャマのズボンをブリーフごと下げたとき――。

「！」

便器の上に、申し訳なさそうな浅い笑みを浮かべたヒカルが浮いていた。

「うわぁっ！　なんで、ついてくるんだっ！　男のちんこをのぞき見るなんて、おまえは変態《へんたい》か！」

「もう浴室で、後ろも前も全部見てるよ」

うろたえる是光に、小さく溜息をつき、真面目な顔で切り出す。

「非常に残念なお知らせだけど」

な、なんだ。

こちらも息をのむと、ヒカルはショックをやわらげようとするように、冷静に告げた。

「どうやらきみが移動する先に、ぼくも一緒に移動してしまうようだよ。だから、ぼくのことは気にしないで、用をすませて」

二章　皇子様は、女の子がお好きなようで

色々実験してみてわかったことは、ある程度広さのある空間なら、ヒカルと距離《きょり》をおくことは可能だが、それもせいぜい三メートルくらいで、しきりのある空間では、たとえトイレの個室だろうと、押し入れだろうと、是光《これみつ》が移動しないかぎり、ヒカルも出てゆけないということだった。

この先ずっと排泄《はいせつ》行為の最中まで一緒だなんて冗談《じょうだん》じゃない。友達と手を繋《つな》いで便所へ行く仲良し女子だって、そこまでディープなつきあいはしない。いくら友達がいない、ぼっち仲間でも論外だ。

ヒカルに真正面から見つめられながら小便をした際の、なんともいえない居心地《いごこち》の悪さを思い返すたび、是光は顔から火が出そうだった。

こんな迷惑《めいわく》なやつはいない。一日でも一分でも早く、心残りを晴らして成仏《じょうぶつ》してもらわねば――。

翌朝。そんな決意とともに学園へ向かったのだった。

「満員電車って、はじめて乗るよ」

押し合う乗客の隙間《すきま》から顔だけ出しているヒカルは、えらくご機嫌《きげん》だ。その顔も、両端が他の乗客の顔や頭にめり込んでいて、シュールなことこの上ない。

目をそらしたくなる是光の気も知らず、電車を降りたあとも、学園へ続く土手道《どてみち》で、隣《となり》を歩きながら、どうでもいいおしゃべりを続ける。

「ぼくは園芸委員だったんだよ。五月に入ったらダリアとレモンバウムの種をまく予定だったんだ。是光は部活はどうするの」

いつの間にか呼び方が『赤城《あかぎ》くん』から『是光』になっている。

なれなれしいぞ、と文句を言ったら、

「だって、この先は友達って〝設定〟なのに、赤城くんじゃ他人行儀《ぎょうぎ》だろ？　是光もぼくのことヒカルって呼んでいいよ」

と、あっさり返された。

「で？　部活はやっぱり格闘《かくとう》系《けい》？　ボクシングとかカンフーとか？」

「小学生のとき、飼育係で七面鳥とうさぎの世話《せわ》をしていた」

しかめっ面のまま、微妙に嚙《か》み合《あ》わない返事をすると、

「そう、動物好きなんだ」

「七面鳥は、炙《あぶ》って食うのが旨《うま》い」

「あの赤い鼻がキュートだよね。彼岸花《ひがんばな》みたい」

ヒカルは気にせず、会話（?）を続けている。

このお気楽皇子《おうじ》は、本当に死んでる自覚があるのか。

怒鳴《どな》りつけたいのを堪《こら》えながら、どっしりした校門をくぐり抜ける。

平安学園は附属幼稚園《ふぞくようちえん》から大学まであり、高等部と中等部は入り口の門が違うだけで、同じ敷地内《しきちない》にある。

下駄箱《げたばこ》の前で靴《くつ》を履《は》き替《か》えていると、

「あ」

と、ヒカルが声を上げた。

廊下《ろうか》の掲示板《けいじばん》に、生前のヒカルの写真を掲載《けいさい》した校内新聞が貼《は》り出《だ》されている。

隣に色紙が貼られ、そこに生徒たちによる追悼《ついとう》の言葉が書き込まれていた。

〝さようなら〟〝大好きでした〟〝忘れません〟〝ヒカルの君は、わたしたちの青春でした〟

今このときも、女の子たちが次々やってきて、赤い目でメッセージを書き込んでゆく。

中には読んでいるうちに、泣き出してしまう子もいた。両手で顔をおおってしゃがみ込み、友達に慰《なぐさ》められていて、その友達の目も涙でうるんでいる。

是光は、全身が引《ひ》き絞《しぼ》られるような気がした。

（おまえは、友達がいなかったっていうけど、おまえの死を哀《かな》しんでくれるやつも大勢いるじゃないか）

切なさで体がひりひりするのに、胸が熱くとどろいていた。

てっきり、ヒカルも感動して涙のひとつも流しているかと思ったら、隣で甘い声がした。

「春風に揺れる可憐《かれん》なひなぎくのようなきみ、そんなに泣かないで。きみに涙は似合《にあ》わないよ」

なんと！　ヒカルが泣いている女の子のほうへ近づき、背中越しに、そっと手を伸ばしたではないか！

そのまま、自然な仕草《しぐさ》で耳元へ顔を寄せ、壊《こわ》れものでも扱うように優しく抱きしめ（といっても、ヒカルの腕は女の子の体に半ば埋まってしまっているが）、耳元でささやきはじめた。

「ひなぎくの花言葉を知ってる？　〝明朗《めいろう》〟というんだよ。ほら、笑って。きみの朗《ほが》らかな笑顔をぼくに見せて」

是光は唖然《あぜん》だ。

一体なにが起きている！

ヒカルは瞳《ひとみ》をやわらかく細め、唇《くちびる》を甘くほころばせた。語りかける声には背骨までとろかしそうな艶《つや》があり、ヒカルの周囲を、きらきらしたオーラが取り巻いているようだった。

「……おい」

顔を引きつらせる是光の前で、ヒカルはまた別の女の子に近づき、震《ふる》える小さな手を握りしめ（?）、その耳に、愛《いと》おしそうに唇を寄せた。

「こちらの、真っ青な矢車草《やぐるまそう》のようなきみも、どうか元気を出して。矢車草の花言葉は〝幸福〟だよ。普段のきみは溌剌《はつらつ》とした希望にあふれた子のはずだろう?」

そんな調子で、掲示板の前で泣いている女の子たちの間を、ひらひら渡り歩き、髪《かみ》を撫《な》でたり（?）、手をとったり（?）するのだった。

「野に咲くきんぽうげのような君も、笑った顔のほうが可愛《かわい》いよ。ああ、そちらの清楚《せいそ》なスノードロップのようなきみも、そんなに泣いたら綺麗《きれい》な目がとけてしまうよ。キスしたら、泣きやんでくれるかな」

大粒の涙がすべる頬《ほお》を両手で包み、優しく顔を近づけてゆく。是光はぶち切れ、叫んだ。

「やめんかっ！　このどすけべ野郎！」

ヒカルが、きょとんとした顔で是光を見る。

是光はヒカルのほうへ、ずかずか歩み寄った。

「なにサカってんだ！　自分の立場を考えろ！　んな背中が痒《かゆ》くなるような言葉を、へろへろ垂れ流してる場合か！　アホだろ、てめぇ！」

ムカつくことに、ヒカルは大いに不服そうな顔で反論した。

「泣いている女の子を放っておくなんて、ぼくには考えられないよ。枯れそうな花を見たら、水や肥料をあげて一生懸命《いっしょうけんめい》に世話をするだろう」

「知るか！　俺は園芸部員じゃねー！　飼育係だ！」

「じゃあ、子猫が怪我《けが》をしてたら、優しく抱き上げて手当をするだろ」

「ねーよっ。野生なら、怪我くらい自分で舐《な》めて治せ」

「一人じゃ癒《いや》せない傷もあるはずだよ。……ねぇ是光、ぼくら注目されてるみたい」

ヒカルの指摘《してき》に、体が瞬時《しゅんじ》に固まる。

そうだった。こいつの声は、他のやつには聞こえないんだ。

こわばった顔で周りを見渡せば、いつの間にか是光の半径二メートル四方にぽっかり空間ができている。

泣いていた女の子たちは涙を引っ込め、怯《おび》えた表情で身をすくめている。是光と目が合うと、肩を跳《は》ね上《あ》げ視線をそらした。

（これじゃあ俺が、いきなり廊下でわめき出した危ないやつみたいじゃねーか）

高校では〝赤い悪魔〟なんて、恥さらしな二つ名をつけられないように、細心の注意を払って学園生活を送ると決めていたのに、やらかしてしまったのか？

「あ……う……」

なんとか取《と》り繕《つくろ》おうとするが、冷たい汗がだらだらとこぼれてくるだけで、うまい言葉が出てこない。

そのうち顔まで火照《ほて》ってきた。

やばいっ。赤面してる？

「お……おまえらに、言ったわけでは――ない！」

ぎろりと目をむき、唸《うな》るように告げて、急いでその場を離れたのだった。

「気にすることないよ、是光。登校時間に廊下で突然ブチキレた程度じゃ、きみの評価は揺るがないよ。なんたってヤンキー軍団を一人で半殺しにした第二十七代番長だし。もう、これ以上低くなりようがないから。安心して」

（慰めになってねぇ！）

もう決して人前でヒカルとは口をきかないと、固く、固く、誓《ちか》う。

恥ずかしさと後悔のため、顔が普段の三倍くらいこわばり、目つきも十倍増しで鋭《するど》くなっている気がする。教室に辿《たど》り着《つ》き、後ろのドアを開けると、正面に立っていた小柄な女子が、のけぞった。

「はぅ……っ、お、おはよう……赤城くん」

髪を後ろで一本の短い三つ編みにし、大きな眼鏡《めがね》をかけた素朴《そぼく》な少女は、このクラスの級長だ。名前は知らない。他のクラスメイトも級長と呼んでいる。

是光が入院生活を終えて、登校した初日、

「伝説のヤンキーで……」

「中学時代、校内に他校の生徒が乗り込んできて流血沙汰《ざた》に……」

「十人半殺し」

等々、枝葉のつきまくった噂《うわさ》を鵜《う》呑《の》みにして遠巻きにするクラスメイトたちの中で、ただ一人、是光に話しかけてきたのが、彼女だった。

といっても、

「あ、あの……わたし、級長をしていて……よ、よよろしくね、赤城くん。な、なにかわからないことがあったら、なんでも、きききき聞いてね」

と引きつりまくりの顔と上擦《うわず》りまくりの声で挨拶《あいさつ》し、是光が「ありがとう、なら購買《こうばい》部《ぶ》の場所を教えてくれ」と言い切らないうちに——厳密《げんみつ》には是光が「あ」と発音した瞬間、

「そ、そそそれじゃ、わたしはこれでっ」

と、脱兎《だっと》のごとく自分の席に戻ってしまった。

見れば、両手を組み合わせ、がくがく震えており、心の中で、どうか話しかけられませんように、と祈っているのが丸わかりで、是光が本当に何か尋《たず》ねたりしたら、悲鳴を放って机の下に隠れてしまいそうだった。

それでも級長としての責務《せきむ》からか、是光と目が合うと、「お、おはよう」「さ……よなら」と挨拶をする。

いつもはすぐ立ち去るのに、今朝は何故《なぜ》かそのまま足を止め、おずおずと尋ねた。

「赤城くん……昨日、ヒカルの君の告別式に来てたよね……。ヒカルの君と知り合いだったの？」

彼女もあの会場にいたらしい。

別に知り合いというわけでは——と答えようとしたところ、隣でヒカルが「友達設定」とささやいた。

「ぼくときみは親友だよ、是光」

いつから親友になった！

図々しいにもほどがある、と叫びかけて、歯を食いしばり、眉間《みけん》に皺《しわ》を寄せる。

危なかった。またドン引きされるところだった。

が、次の瞬間、級長はぴょんと飛び上がった。

「ごご、ごめんなさいっ。詮索《せんさく》みたいなことしちゃって。もう、いいデス」

真っ青な顔でそう言い、走っていってしまった。

どうも、歯を食いしばったのがいけなかったらしい。眉間に皺を寄せたのも、怒りの表情に見えたようだ。いつぞやのように自分の席で、短いおさげをぷるぷる震わせて、お祈りをしている級長を見ながら、

「恥ずかしがりの女の子って、色づきはじめた梅の花みたいで、可愛いよね」

ヒカルが頬をゆるめている。

（いや、あれは恥ずかしがってるんじゃなく、怯えてるだろ……どう見ても）

ヒカルのようにポジティブに考えられたら、死んでもハッピーに違いない。うらやましいような、こうはなりたくないような、複雑な気持ちで自分の机に、どさりと鞄《かばん》を投げ出す。

是光の席は、廊下側の一番後ろだ。

細い通路を挟《はさ》んだ隣の席をちろりと見る。そこに座っている女子は、今朝も不機嫌そうに唇を尖《とが》らせ、眉《まゆ》をつり上げ、携帯《けいたい》をいじっていた。

メールでも打っているのか、すべるようなタッチで指を動かしている。

授業中も休み時間もこの調子で、机の下で携帯をいじり続けているのだった。

細い肩から、明るめの茶色の髪がさらさらとこぼれ落ち、うっとうしげに耳にかける。

その間も指を止めない。もともとツリ目ぎみなのだろうが、さらにきりりとつり上げ、

命がけの形相《ぎょうそう》で画面を睨《にら》みつけている。

隣に目つきの悪いヤンキーが座っていようと、まるで無視だ。

怯えられるのは困るが、こうも無関心な態度をとられると、それはそれでおもしろくない。挨拶どころか、ちらっともこちらを見ないのは、どういうことか。

不機嫌な是光の隣に、平然と座っていられる女は珍しい。ふてぶてしい面構《つらがま》えにふさわしい、強靱《きょうじん》な心臓の持ち主なのか。

（いや、ひょっとしたら、こいつもツリ目に生まれてしまったばっかりに、性格まで凶暴だと誤解《ごかい》され、ハブられているのかもしれねー。携帯をいじってなけりゃ一人の時間をもてあますしかない、淋《さび》しいやつなのかもしれねーぜ）

そう思うことで、ムカツク腹の内をなだめようとする。

けれどヒカルには、相手がどれだけ無関心でも、存在を無視されても、それすら萌《も》えポイントになるらしく、

「なにかに夢中になっている女の子って、真っ赤なハイビスカスみたいだよ。メール、彼氏宛かな」

横から携帯をのぞき込もうとした。

「おい、よせ」

と、小声で注意する。

すると、ボタンを連打する指が止まり、隣の女が是光の方へ顔を向け、睨んだ。

愛想《あいそ》のない猫のような瞳が、光る。

おまえに言ったんじゃねぇよ、と説明したいができない。

つい対抗して、無愛想に睨み返したとき。

クラスメイトの男子が、声を張り上げながら、前の入り口から飛び込んできた。

「おい！　ヤンキーキングが、下駄箱でいきなりマジギレだって！　ヒカルの君へのメッセージを書きながら涙にくれてる女子に向かって『サカってんじゃねぇ！　淫乱《いんらん》なメス犬ども！　そんなに欲しけりゃ、俺が骨まで舐め尽くしてやるぜ！』って叫んだらしいぞ。ヤンキー、マジ野生、マジ鬼畜《きちく》――げっ！」

最後の「げっ！」は、是光が頬をこわばらせて殺気を放っていることに気づいたためであろう。

とたんに、汗をにじませ、しどろもどろになり、

「いや……っ、あのっ……、ヤンキーキングというのは、うちのクラスのヤンキー様ではなくて……別のクラスのクソヤンキーでして……っ、あのっ、えーと、えーと……すみませんっ！」

教壇《きょうだん》のわきに土下座《どげざ》する男子を、クラスメイトたちが青ざめて見つめる。

(これで、俺はヤンキーキング確定か。謝《あやま》んなバカヤロー)

暗澹《あんたん》たる気持ちでいる是光の横で、そもそもの元凶のヒカルはといえば、

「わー、土下座ってはじめて見るよ。目が覚めるようなインパクトだね。ぼくも今度、女の子にやってみよう」

と、感に堪えない様子でつぶやいたのだった。

この騒ぎの間も、是光の隣の女子は眉をキリッと上げ、メールを打ち続けていた。

◇　◇　◇

新入生の赤髪のヤンキーが、クラスメイトに〝詫《わ》び〟をいれさせたらしい。

そのクラスメイトはまともに歩くこともできず、口をきくのも困難《こんなん》で、早退してしまったらしい。


そんな噂があっという間に広がった放課後。

是光は背中を丸め、陰鬱《いんうつ》な表情で三階の廊下を歩いていた。

擦《す》れ違《ちが》う生徒たちが避《さ》けるように離れてゆくのが、いまいましい。

「元気を出して！　今さらきみの最強伝説が揺らぐわけじゃないんだから」

ヒカルが朗らかに言う。

（だから！　全然っ、これっぽっちも、一グラムも、慰めになってねぇから！）

もともと悪かった評判が、さらに悪化したのは、誰《だれ》のせいだと思っているのだ。

この能天気野郎が、死人のくせに、節操《せっそう》なしに女子を口説《くど》きはじめたからではないか。

「……おまえ、自分にも責任があるって自覚してるか」

こぶしを握りしめ、つぶやくと、

「えーっ、ぼくのせい？　でもね、是光、ぼくはやっぱり、泣いている女の子は全力で慰めなきゃいけないと思うんだ」

と、信念のただよう口調で言った。

「まぁ、心残りがなくなれば成仏できると思うから、きみには迷惑をかけて申し訳ないけど、もう少しだけつきあってよ」

殊勝《しゅしょう》にされると、文句も言いづらい。

こいつ、おっとり皇子に見えて意外と巧妙《こうみょう》だぜ。わかっていてつきあう俺も俺だ、と顔をしかめながら、

「もう一度確認するが、その女は美術部なんだな」

と尋ねると、ヒカルが瞬時に恋愛モードに突入し、甘い目になる。

「うん、放課後はいつも美術室で絵を描いているんだ。平安時代のお姫様みたいに、さらさらの綺麗な黒髪でね。華奢《きゃしゃ》で色白で、ものすごくおしとやかで、可愛い子だよ」

のろけられても、全くぴんとこない。

(平安時代のお姫様って、教科書とかに載《の》ってるあの十二単《じゅうにひとえ》のか？　あれって結構しもぶくれじゃねーか？　あのだら長い髪も、洗うのも乾かすのも面倒《めんどう》くさそうだし、ノミとかシラミとか、すごそうだし)

なんてことを考える。

「けど、そいつはおまえの彼女で、誕生日を祝うほどの仲だったわけだろ？　昨日葬式が終わったばかりじゃ、まだショックで部活なんか出れないんじゃねーか」

もしかしたら学校も休んでいるかもしれない。

ところが——。

「あー、うん、そのへんは大丈夫だよ。きっと葵《あおい》さんはいつもと同じように美術室にいるよ」

ヒカルは急に歯切れの悪い口調になり、微妙《びみょう》に視線をそらした。

「？」

是光は引っかかったものの、

(ま、いっか。いてくれたほうが、こっちも助かるし)

深く考えずに美術室の前までゆき、出入り口の引き戸を、がらっと開けた。

(う、女ばっか！)

広々とした教室には、絵の具の香りが漂《ただよ》っている。大きな窓から明るい光が射し込み、机や椅子《いす》、石膏像《せっこうぞう》やキャンバスがまばらに置かれている。

そこに、八人ほどの女子がいた。

それぞれがデッサンをしたり、色をつけたり、はたまた雑誌を広げたり、向かいあって互いの指にマニキュアを塗《ぬ》りあったりしながら、楽しくおしゃべりをしていたようだ。どの女子も、是光には同じ顔に見える。

また向こうは、いきなり噂の赤髪のヤンキーが現れたので、驚《おどろ》いて固まっている。

部屋の中がシンとする。

彼女たちが怯えていることが、こわばった表情や弱々しい目つきから、ひしひしと伝わってきた。相手の指にネイルをほどこしあっていた女の子たちは、ハケのついた蓋《ふた》と、ぷちぷちしたガラスビーズの器《うつわ》をそれぞれ手に持ったまま、微動《びどう》だにしない。

「あー……左乙女《さおとめ》葵ってひと、いる？」

緊張《きんちょう》のためか腹のあたりがしくしく疼《うず》き、いつも以上にぶっきらぼうになる。野良犬のように鋭い目つきも、生まれつきなのでどうしようもない。

部員たちが、視線をおそるおそる後ろの窓のほうへ向ける。

そこに、一人孤高に絵を描いている少女がいた。

さらさらと可憐な音がしそうなまっすぐな黒髪を、背中の半ばほどまでたらし、清楚な白いリボンを結んでいる。身長は標準よりほんの少し低めだろうか。体重は標準よりだいぶ軽そうで――。

あれ、こいつ、どっかで見たことが……。

そんな印象を抱《いだ》いたとき、その少女がすっと立ち上がり、険《けわ》しい表情で是光のほうへ歩いてきた。

手足が細いだけでなく、顔も是光の両手で包めそうに小さい。素直に伸びた癖《くせ》のない黒髪が、少女が歩くたびに甘く揺れる。長いまつげに縁取《ふちど》られた、こぼれそうな大きな瞳には、是光に対する敵意がこもっていた。

そのきつい眼差《まなざ》しを見て、気づいた。

そうだ！　ヒカルの葬式で、騒いでたやつだ！

川で溺《おぼ》れるだなんてみっともない、浮気ばかりしてるからバチがあたったんですと遺《い》影《えい》に向かって叫んでいた、あの少女に間違いない。

嘘《うそ》つき！

という声が、耳の奥で鋭く響き渡る。

（おいおい、こいつが、〝心残り〟の相手なのかよ！）

少女——左乙女葵が、是光の前で立ち止まる。

とにかく事情を説明しようと、口を開きかけたとき。


「お断りです」


いきなり嫌悪《けんお》にみちみちた声で拒否《きょひ》られた。

（俺、まだなにも言ってねーぞ！）

葵はますます語気を強め、

「お断りです。とにかく全部お断りですっ！　男のかたは嫌いです、話もしたくありません！」

と言い切り、幼げな唇をきゅっと噛みしめると、背中を向けてしまった。

なんなんだ、この女は！

怒るよりも唖然としながら、いや、この先のまともなトイレ生活のためにも、ここで引き下がるわけにはいかないと、

「待て！　実は、みか——ヒカルのことで——」

追いすがろうとしたとたん、まっすぐな黒髪がふわりと広がり、振り向きざまに、

「その人のことは、大大大大大っっっ嫌いでっ！　耳にするのも汚《けが》らわしいです！」

と目を異様な殺気に光らせて怒鳴りつけ、のけぞる是光の鼻先で戸を、
ぴしゃんっ！

と閉めてしまったのだった。

「……おい」

閉じた戸のこちらで、是光は声をひそめた。

「どうなってんだ。……おまえら、つきあってたんじゃないのか？」

是光の後ろで、浮遊しながら一部始終を見ていたヒカルが、苦笑する。

「つきあっていたとゆーか、その……婚約者だったんだけど」

婚約者！

平安時代ならともかく、平成の日本で婚約者持ちの高校生って一体！　いや、金持ちの家では普通なのか？

目をむく是光に、ヒカルは涼やかな眼差しで、

「葵さんは、ぼくのこと『へたれハーレム皇子』とか『日替わり恋愛男』とか言って、嫌ってたんだ。ほら、ぼく、男の子の友達がいなかったから、子供の頃からいつも女の子と遊んでたし、来るもの拒まなくて、据《す》え膳《ぜん》は美味《おい》しくいただくのがモットーで、綺

麗な女の人を見たら、とりあえず一度は口説かなきゃ失礼だし、可愛い女の子には、きみはすごく可愛いって教えてあげたくなるし、淋しがりで一人じゃ眠れないから、ぬくもりがあると安心して、そう！　女の子は花だから、綺麗に咲かせてあげるのが男の努めだとぼくは思うんだ！　それは自然界の高邁《こうまい》にして崇高《すうこう》な摂理で、宗教的倫理に等しくて……あ、あれ？　是光？　どうして頭抱えてるの？　なんだか、こめかみがぴきぴきしてるよ。ぼくの話、ちゃんと聞いてる？　つまり、ぼくが女性という存在自体を愛してやまないのは、花を愛する気持ちと一緒で――」

もういいっ、それ以上しゃべるな！　真面目な顔して高邁とか崇高とか語るなーっ！

心の中で叫びながら、是光は、こいつはやっぱりタラシだと、確信した。

今朝、廊下で女の子たちを甘い言葉や仕草で慰めていたあの調子で、口説きまくっていたに違いない。そら婚約者から見たら、バチあたりの浮気者と罵《ののし》りたくなるだろう。あげくに、葬式まで女だらけだなんて、哀しむ前にビンタのひとつもくれてやりたいと思って当然だ。

よく恥ずかしげもなく〝彼女〟だなんて言えたものだ。

「……協力、やめてもいいか、帝門」

あきれはてて、ボソリとつぶやくと、

「そんな、是光！」

ヒカルがすがるような目をする。

ほったらかして帰りたい気持ちでいっぱいだ。

友達がいないという言葉にダマされた。一人メシしかしたことのない是光と違って、きっとこいつは、昼休みも周りに女を何人もハベらせて、手作り弁当を『あーん』とか言って、食べさせてもらっていたに違いない。

そんなタラシに協力してやる義理はない。

しかし、ヒカルが成仏しなかったらトイレが……。いや、風呂《ふろ》も、就寝も、全部ヒカルに見られながらすることになる。

そんな羞恥《しゅうち》プレイが続くのは耐えられないし、ただでさえヤンキーと避けられているのに、この上、虚空《こくう》に向かっておしゃべりする幽霊憑《ゆうれいつ》き、と呼ばれたらたまらない。

やはり早々に心残りを晴らしてもらわねば。

(ちっ、仕方ねぇ!)

是光はわだかまりを押しやり、再び美術室の戸を開けた。

「左乙女葵! おまえの気持ちは、よ――――っくわかる! 婚約者がいる身で、他の女にふらふらしていた帝門《みかど》ヒカルは、最低のヘタレハーレム野郎だ! だが」

葵が近づいてきて、また、ばしっとドアを閉める。

是光がめげずにそれを開け、

「だが――み、ヒカルは、ちゃんとおまえのことも考えていて、と、ととと友達の俺に――」

　ぴしゃん！

　また戸が閉まる。

　その戸を、瞬時に開ける。

「友達の俺に、おまえのことを託していったんだ！」

「結構です！」

　また、ぴしゃん！

　それに今度はガチャリという音が加わる。

　くそ、中から鍵《かぎ》をかけやがった。

「いいや、俺にはヒカルの想いをおまえに伝える使命があるんだ！」

　戸を叩《たた》きながら叫ぶ。

「宗教の勧誘《かんゆう》もお断りです」

　向こうから、きつい声が返ってくる。

　それでも、

「俺の話を聞け！　左乙女葵！」

　と叫んでいたら戸が開いて……。

ばしゃ！

絵の具を溶いた水をひっかけられた。

「ヒカルの話も、あなたの話も、聞きたくありません。男の人の話なんて、特にヒカルに関することなんか、いっっっしょう、聞きません！　ヒカルの話を聞くか、なめくじのスープを食べろと言われたら、わたしはスープをおかわりしますっ！」

ヒカルが横で、傷ついた――というように胸を押さえる。

再び戸が、ぴしゃんっ！　と閉まり、鍵がかけられる。

是光は頭や服から、紫の水滴をぽたぽたしたたらせながら、

茫然《ぼうぜん》としたあと、深い実感とともに唸った。

（マジかよ……）

「これだから女は……！」

◇　◇　◇

葵さんはお嬢様《じょうさま》で潔癖《けつぺき》だから。

ヒカルは婚約者を庇《かば》った。

名前の通り、不浄を寄せつけない真っ白なタチアオイみたいに純粋な人なのだと。

帰宅後。

浴室で湯船につかる是光は、上を見ないようにしていた。

何故ならそこに、学園の制服を着たヒカルが、湯気《ゆげ》に包まれ、ふわふわ浮きながら、

「タチアオイは夏に咲く花なんだ。日当たりのいい風通しのいい場所で、まっすぐに伸びた青々とした茎《くき》に、ピンクや白の花を咲かせるんだよ。ピンクも無邪気《むじゃき》で可愛いけれど、やっぱりぼく的に葵さんは白だと思う。タチアオイは英名で〝ホリーホック〟って言って、十字軍が聖地から持ち帰った花だと言われてるんだ。聖地に咲く花なんて、葵さんにぴったりだ」

と葵の弁護《べんご》だか、園芸部員のプレゼンテーションだかわからないトークを続けているからだった。

なんで、制服の男のおしゃべりを聞きながら風呂に入らなきゃならんのだ……。これから一生こうなのか。

男の人とはお話ししたくありませんっ！　と、ぴりぴりした顔つきで言い放った葵を思い浮かべ、憂鬱《ゆううつ》な気分になる。最初から敵意と嫌悪感をむき出しにしたお嬢様相手に、ヒカルの〝心残り〟を、はたせると思えない。

（俺は、幽霊憑きのヤンキーとして生涯《しょうがい》を送るのか）

葬式なんか、行くんじゃなかった。

過去の自分と話ができたら、今すぐ回れ右して家に帰れ、さもないと今よりもっと不幸になるぞと、忠告するのに。

（てか……こいつも、俺じゃなく、別のやつに取り憑いたほうが良かったんじゃねーか？）

もっと人当たりの良い真面目そうな生徒だったら、葵もあれほど警戒《けいかい》せず、簡単にプレゼントを渡す手はずを整えられただろう。

それに比べて〝野生の雄叫《おたけ》び〟と評される、目つきの悪いヤンキーがいきなりお使いに現れたのでは、うさんくさく見られて当然だ。


——赤城くんにしか頼めないんだ。

——ぼくは友達もいないし……。

ヒカルが必死に懇願《こんがん》していたことを思い出したら、感じなくていいはずの責任を感じて胸がズキズキしてきた。

　――大事な、大事な、約束なんだ。

（そう言われてもなぁ。うぅぅ、今から別のやつに取り憑き直すとかできねーのかよ。やっぱ俺がなんとかするしかねーのか、くぅっ）

　風呂の縁に顔をつけて唸っていると、タチアオイ講座を終えたヒカルが、空中から神《しん》妙《みょう》な口調で声をかけてきた。

「是光、ぼく気づいたんだけど」

　ひょっとして、男嫌いに加速度がかかっている左乙女葵の心を開かせる妙案《みょうあん》を思いついたのか！

　期待して見上げると、そこには、宝塚《たからづか》の男役みたいなきらきらした紫のタキシードに身を包んだヒカルが浮いていた。

「！」

　のけぞる是光に得意げに、

「服はイメージで自由に変えられるみたいだ。ほら、こんな格好も、こんな格好もできるよ」

　と、テニスウェアだの、乗馬服だの、カジュアルな外出着だの、眼鏡をかけたエリートサラリーマン風だの、次々衣装《いしょう》を変えてみせる。

はてには、

「ね、これなんか最っ高に似合うよね？　一度、着てみたかったんだ」

と、平安貴族の衣冠束帯《いかんそくたい》まで披露《ひろう》してみせた。

「ね？　どれがよかった？　やっぱりこれかな？　くそっ、写真とりたいけど、無理かな、写らないかな。鏡に映らないって、すごく不便なんだよね。自分の顔を見られないんだもん」

ヒカルは本気で残念そうで、溜息《ためいき》なぞついている。

是光は熱湯をぶっかけてやりたくなったが、どうせヒカルの体をすり抜けていってしまうとわかっていたので、こらえた。

代わりに顔を伏せ、肩をいからせ、苦渋《くじゅう》に満ちた声を出す。

「お〜〜〜ま〜〜〜え〜〜〜は〜〜〜〜〜〜っ。誰のために、俺が苦労してると思ってんだ！　暢気《のんき》にファッションショーとかしてんじゃねぇ！」

さすがにヒカルもバツの悪そうな顔になる。

是光の目の位置まで、しゅーっとおりてきて、肩をすぼめて正座する（といっても、膝《ひざ》はタイルについておらず、微妙に宙に浮いているのだが）。

「は、反省してる。嬉《うれ》しくてつい……。それに、ぼくも是光にばかり迷惑をかけるのは心苦しいから、なにかできないかって、あれこれ試してみたんだよ。念力でモノを動かすとか、動物を操《あやつ》るとか、是光に憑依《ひょうい》して、代わりに葵さんと会話するとか、そういう幽霊っぽいの」

「ひょ、憑依はよせ。薄気味悪《うすきみわる》い」

「大丈夫、できなかった」

「そうか」

安堵《あんど》の息を吐く。

「で、結局、ぼくにできるのって服を取り替えるくらいなんだよね」

（それって、すげー役に立たねぇ）

「てか、これからどーすんだよ。おまえが生きてるとき浮気ばっかしてるから、おまえの名前を聞くのも汚らわしいとか拒否ってたぞ、婚約者」

「うーん、葵さんは真面目だからなぁ。そこが可愛いとこなんだけど、少しずつ心を開いて、話を聞いてもらうしかないかも」

「って、心開くの俺かよ！　なんで俺が女の機嫌をとらなきゃなんねーんだ！　可愛いとか、のろけてる場合か！」

「そこをなんとか！　ぼくの声を聞けるのは是光だけだし、ヤンキー軍団にも打ち勝った是光なら葵さんの心も開けるよ」

「だから、ヤンキー関係ねー！　期待に満ちた顔で見上げるなっ。だいたい俺は女とガキと動物は、昔から相性《あいしょう》が悪いんだ。こっちは普通に息をしてるだけなのに、あいつらが一方的に俺を嫌うんだ」

「女とガキ……はともかく、動物って？　きみ、小学生の頃、飼育係だったたって言ってなかったっけ？」

平安貴族なヒカルが、扇《おうぎ》で口元を隠しながら、後ろに長い布のついた冠《かんむり》と一緒に首をかしげる。

「つっ、そうさ……小学校で飼ってる七面鳥とうさぎの世話をしていたさ。あいつら、俺が心をこめて餌《えさ》を運んだり、小屋を掃除《そうじ》してやったりしたのに、六年間、ついに一度も俺に懐《なつ》かなかった。うさぎは俺が小屋に入ると、慌《あわ》てて隅《すみ》のほうに避難《ひなん》して、そこで身をよせあって震えていやがった。七面鳥どもは、俺を見るたびキックをかましてきやがった……」

暗ぁい顔で過去を回想する是光に、ヒカルが引きつった笑みを浮かべて、

「そ……そうなんだ」

と、つぶやく。

「でもっ！　偉《えら》いよねっ！　それでも是光は、彼らの世話をし続けたんだから！　なかなかできないよ。ケリを入れられるほど嫌われてる相手に、尽くすなんて。是光は現代

のブッダだよ！」

「そのフォローは、嬉しかねーぞ」

「だからさ、葵さんに対しても、慈悲喜捨《じひきしゃ》の精神で再チャレンジしてみようよ。大丈夫、葵さんはおしとやかだから、どんなに是光のことを嫌っても、本気で消えてほしいと思っても、蹴《け》ったりしないから。バケツだって、重いのは持ち上げられないから、絵の具バケツどまりだったろ？」

　またフォローにならないことを、熱心に言う。

「つか、おまえ、リア充のモテモテハーレム大王だったんだろ！　女をコマすプロじゃん。女心を知り尽くしてんだろ。もっとこう、具体的に使えるアドバイスとかねーのかよ」

「プロって——ぼくはホストじゃないんだけど。それに、ぼくのやりかたは、きみには無理かも」

　是光をじーっと見て、言いにくそうにつぶやく。

「かまわん、試してみるぜ」

「そう？」

　ヒカルはあまり気乗りしなさそうに、

「とりあえず、にっこりしてみるコト」

「は？」

「だから、『ぼくもきみに好意を持ってます』って気持ちを込めて、笑いかけるんだよ、こんな風に」

にっこり。

ヒカルが、そよ風のように涼しく微笑《ほほえ》む。

光がきらきらと舞うような爽やかな笑みだった。それでいて、目元にちらりと色気をただよわせることも忘れない。

「うぉ……今、ドキッとしたぞ」

相手、男なのに。

「でなきゃ、逆にこう目をちょっと伏せて淋しそうに『今夜は帰りたくないんだ……』って、言ってみたり」

ヒカルが目を伏せる。

とたんに、なんともいえず儚《はかな》げな——全力で守り、抱きしめてやりたいような雰囲気《ふんいき》がただよう。

「うぉ……っ、今度は、ズキッとした！」

（こいつ、すげー！　さすが、ハーレム大王！　さすが、葬式女ばっかり！）

ヒカルに聞こえたら、がっかりされそうなことを心の中で叫ぶ。

「よしっ、俺もやってみるぜ」

ざばりと音を立てて湯船からあがり、風呂場に設置してある鏡に向かって、〝にっこり〟しようとし——唸った。

「？　どうしたの？　是光」

「ううぅ、顔の筋肉が、うまく動かねぇ」

なんということだ。普段、笑うことのない生活を送ってきたので、この若さにして、頬が、がちがちに固まってしまっている。

いや、思い返してみれば、赤ん坊の頃の写真も、幼稚園の入園式の写真も、全部カメラにガンを飛ばしているような、むっつりした顔で写っていた。

そうか、俺は笑うのが苦手だったんだ。

しかし、闘《たたか》う前からあきらめるのは性《しょう》に合わない。無理矢理口の端をつり上げ、〝にっこり〟してみる。

鏡に映っていたのは、目をぎらつかせ、頬をぴくぴくと引きつらせた、陰惨《いんさん》な顔つきの少年だった。口から今にも血を垂れ流しそうなこんな顔を向けられたら、女の子は恐怖のあまり気絶してしまうだろう。

自分でも自分の顔の、あまりのホラーっぷりに、風呂場にいるのに凍りつく。

「つっ、まだまだぁ！」

鼻の穴をふくらませ、歯を食いしばって頑張《がんば》るが、鏡に映る顔は、どんどん凄絶《せいぜつ》になってゆく。

「あ……あの、是光。無理はしないほうが」

ヒカルが声を上擦らせる。

「そそそれに、是光のキャラ的に、笑顔より真剣な顔とかのほうが似合いそうな気がするよ！　ほらっ、是光は軟弱なぼくと違って、男っぽいし！」

「そうか？」

「うんっ！　ハードボイルドとかVシネとか、超ハマりそう！　男の憧《あこが》れだよ！」

ヒカルが必死に盛り上げようとする。

「そ、そうだなっ。確かに、おかしくもねーのにへらへら笑うなんて、男らしくねーよなっ！」

気を取り直し、

「なら、渋く伏し目の方向で……」

と、『今夜は帰りたくないんだ』を試してみる。

目を伏せ、肩を落とす。

が、上目遣《うわめづか》いで鏡をのぞくと、そこには黒々としたオーラを放つ、恨《うら》みがましい顔つきの男がいた。

『今夜は帰りたくないんだ』というより、『これから地獄《じごく》の宴《うたげ》がはじまるぜ』という感じだ。

（俺って……）

鏡の前で、深々とうなだれる。

「やっぱりさ！　是光は自然体が最高だよ！　今のままの是光でじゅうぶん魅力的《みりょくてき》！」

「慰めはいらねー！」

真っ赤な髪を振り上げ、吠《ほ》える。

「女の心を開くなんて、近所の雌犬と雌猫と雌フェレットと雌ハムスターにすら嫌われる俺には無理なんだ！　俺はこのまま一生、風呂場で服着たまま宙に浮いてるような変態皇子につきまとわれるんだー！」

「そんな！　ヤケにならないで！　服を着ているのが気に入らないなら、脱ぐから、ほら」

ぱっと、平安の貴族様の衣装が消え、立ちのぼる湯気の中に、生まれたままの姿のヒカルが現れる。

男の全裸をいきなり見せられた是光は、

「うわあ――――っっっ！」

と絶叫した。

その拍子に後ろの壁《かべ》に、がつん、と頭を打ち付け、足をすべらせ、仰向《あおむ》けに倒れてしまった。

浴室のガラス戸が勢《いきお》いよく開いて、よれよれのジャージの裾《すそ》と袖《そで》をまくりあげた小晴《こはる》が、怒りの形相で叫ぶ。

「是光！　なに一人で騒いでんだっ！」

「わ、悪《わり》ぃ」

謝りながら、是光はヒカルの姿が小晴に見えなくてよかったと、心の底から思った。

なにしろヒカルは全裸で小晴の真ん前に、ぷかぷか浮きながら、

「是光のお姉さんって、カラタチ系っていうか、マンドラゴラ系っていうか、ユニークだよね」

などと言っていたのだから。

「アホ。姉じゃなくて出戻りの叔母で、三十六のばばあだ」

と、つい口走り、小晴にビンタをくらったのだった。

◇　　◇　　◇

翌朝。ちゃぶ台に是光の分の弁当が用意してあった。

昨日の特大ビンタの詫びかと思い、それを持って登校し、昼休みに弁当箱の蓋をあけたら、粒餡《つぶあん》がぎっしりつまっていた。

「嫌がらせかよ！　三十六！」

「すごい……ホントにあんこばっかり。胸ヤケしそう」

上からのぞき見たヒカルがつぶやく。ヒカルが着ているのは白いブレザーと黒いスラックス、学園の制服だ。

「くそっ」

是光は鞄に弁当を戻し、教室を出た。

「どこ行くの」

「購買っ。粒餡が昼メシになるか」

二階のはずれにある売店へ向かう。

が、一足遅かったようで、残っているのは、焼きそばパンが一個、ジャムパンが一個、チョココロネが一個、シュガートーストが一個。

是光は甘いものが苦手だ。ジャムやチョコをつめたパンは、邪道だと思っている。なので選択すべきは、焼きそばパン以外になかった。

（まぁ、焼きそばパンが残っていただけマシか……）

むっつりした顔で、手を伸ばしたとき。

「！」

反対側から伸びてきた手が、是光とほぼ同時に、焼きそばパンをつかんだ。
ヤバイ、これを逃《のが》したら昼めし抜きだ！
是光はドスのきいた目で相手を睨みつけた。
並の神経の持ち主なら腰を抜かしかねない、凄絶な顔つき、陰惨な目つきであった。
丸めた背中に黒々とした渦《うず》まで浮かんでいる。
が、なんと、パンの端をつかんでいるのは、是光の知っている相手だった。
（隣の席の、ツリ目女！）
向こうも、一瞬驚きの表情を浮かべる。それはすぐ敵意に変わった。
眉をキッと上げ、燃えるような目で是光を睨み返してくる。
地獄の狂犬の称号を持つ自分を前にして、なおも戦意を失わない女が存在するとは！
けど、焼きそばパンは渡せない。
「〰〰〰っ」
「ううううう」
二人とも、天敵に出会った野生の動物のように、眼差しや、食いしばった唇や、震えるこめかみで相手を威嚇《いかく》し、押し戻そうとする。

「〰〰〰っ（おい、放せ、こいつは俺の獲物《えもの》だ）」

「っっっっっ（いいえ、手をつけたのは、あたしが先よ）」

一歩も引かず、目と目で牽制《けんせい》しあう。

「うぐぐぐぐ（女は、ジャムパンでも食ってろ）」

「くぅぅぅぅ（あんたこそ、チョココロネでも鼻につめてなさいよ！）」

二人の間で無言のまま、ばちばちと火花が散った。

（どうする？）

力比べなら、女なぞに負ける気はしない。

しかし、単に力にまかせて引っ張れば袋《ふくろ》が破《やぶ》け、焼きそばパンは床に落ちる。かといって、パンごと握りしめて引っ張れば、焼きそばパンそのものを潰《つぶ》してしまうだろう。

（ここは、策が必要だぜ）

「是光、相手は女の子なんだから、譲《ゆず》ってあげなよ！　レディファーストだよ」

ヒカルが後ろからあきれている声で言う。

「いいや！　女だからって昼メシは譲れないぜ！」

つい口に出した瞬間、隙が生まれた。向こうがしゅっと足を振り上げ、是光の膝を蹴り上げる。

スピード、タイミング、パワー、すべてが完璧《かんぺき》にそろった絶妙な蹴りだった。

「うぉっ」

がくんっと膝が崩《くず》れ、是光の手が焼きそばパンからはなれる。

「わっ、是光！」

敵が容赦《ようしゃ》なくパンを引き抜く。

「な！　おま――」

是光が目をむいたときには、向こうは会計をすませ、焼きそばパンを我がものにしていた。

「卑怯《ひきょう》だぞ！」

吠える是光に、パンを手に悠然《ゆうぜん》と振り返る。

つやつやしたライトブラウンの髪が、さらりと揺れる。

「女だからって油断《ゆだん》した、あんたが悪いのよ」

愛想のない声で、見下すように言って、焼きそばパンとパックのカフェラテを手に、さっさと歩いていってしまった。

短いスカートから伸びる、長くまっすぐな足が遠ざかってゆく。

「くうぅ、なんて乱暴なやつだ！　あんなツリ目女に後《おく》れをとるなんて」

「うぅん、見事な足だったなぁ」

すでにケースには、なにも残っていない。

「って、他のも売り切れかよ！」

空っぽのケースにかじりつき叫ぶと、パンを売っていたおばさんが、びくっとした。

「くそっ、あのツリ目……っ、携帯依存症、メール打ちすぎて腱鞘炎《けんしょうえん》になれ、指の筋《すじ》ぶち切れろ」

立ち入り禁止の屋上で、粒餡と、牛乳と、野菜ジュースと、スポーツドリンクと、ビタミン飲料で昼食をとりながら、是光はまだ根に持っていた。

「いい加減《かげん》にしなよ、是光。女の子のこと、そんなにひどく言うもんじゃないよ。やっぱりヤンキーなのねって、嫌われちゃうよ」

「俺はヤンキーじゃねぇ」

「そう主張するなら、発言や言葉遣いに気を配らなきゃ」

おだやかに諭《さと》されて、頬が熱くなった。これまで、ヒカルのお気楽な言動を叱《しか》りつける立場だったのに……。

（なんだよ、急に大人ぶりやがって）

下駄箱前の廊下で、『泣いている女の子を放っておくなんてできない』と反論してきたときも、やっぱりこんな真面目な顔をしていた。

基本、こいつは女に甘いんだな。紳士《しんし》ってやつか？　まぁ、確かに言い過ぎたが、素直に認めるのは悔しい。

「う……うっせぇ」

「それに、式部《しきぶ》さんはきみのクラスメイトで、席だって隣じゃないか。仲良くしなよ」

「あいつ式部っていうのか？　おまえなんで知ってんだ？」

「是光こそ、どうして隣の席の女の子の名前も知らないのさ。しかも、あんな美人で足が細くて、眉がキュートで魅力的な子。式部帆夏《ほのか》さんっていったら、すごく男子に人気があるんだからね」

「はぁっ？　あの無愛想なメール打ちまくり女が！」

是光は本気で驚いた。

メールを打っているときの鬼気迫《ききせま》る顔や雰囲気から、絶対にクラスでハブられていると思っていたのに。

「男子だけじゃなくて、女子にも式部さんのファンはいっぱいいるよ。スポーツ万能だし、面倒見がよくて、さばさばしてて侠気《おとこぎ》があって、憧れちゃうって」

さばさばしてる⁉

面倒見がいい⁉

「わからん、さっぱりわからん！」

「そんな目をむいて否定しなくても……式部さんの足、すらっとしてて綺麗だと思わなかった？」

「俺を蹴りやがったあの凶器が、綺麗だと！」

「気の強そうな目とか、ズキッとするし」

「感じ悪ぃだけだろ」

「髪も自然なライトブラウンでいいよね」

「あの、むささび色のどこが？」

「……是光、きみ、女の子に点が辛《から》すぎ」

「ああ、女に甘い顔を見せるなって、じいさんがいつも言ってる」

ヒカルが溜息をつく。

「この世に女の子ほど、綺麗で可愛くて、やわらかくて、強くて優しい存在はないのに」

そのこだわりだけは、是光には一生理解できそうにないし、理解したくもない。

あんな訳のわからない、暗い目をした——弱くて不条理な存在なんて……。

「きみに、女の子の素晴《すば》らしさを、教えてあげられたらいいのにね」

ちょっぴり哀しそうにつぶやいたあと、ヒカルは急に明るい顔になった。

「そうだ、今度ナンパしに行こうよ！　きみがドキッとくるような女の子を一緒に捜《さが》そう！　ぼくがお手本を見せてあげる。二人組の女の子を誘《さそ》ってさ、四人で遊ぶんだ。きっと楽しいよ」

「おまえ、死んでんだろ」

「あ、そうだった」

「そうだったじゃねーよ。そこ肝心だから！　おまえ、自分が葬式もすませたゾンビだって忘れすぎだ」

ヒカルがくすりとする。

「それはきっと、きみのせいだよ」

「はぁ？」

すっとんきょうな声を上げる是光に、花が香るようにふくよかな優しい声で――ヒカルが言葉を紡《つむ》ぐ。

「きみが、ぼくの言葉を聞いて、ぼくに話しかけてくれるから。まるで友達と登下校したり、泊まりがけで家に遊びに行ったり、休み時間や昼休みに気安くおしゃべりをしているような気持ちになってしまうんだよ」

是光の頬が、またカァッと熱くなる。

なにを、言ってるんだ、こいつは。

わけもわからず、混乱して動揺《どうよう》して、

（そ、そっか……〝友達〟と登下校をしたり、弁当を食ったりするのって、こんな感じ

なんだ。そっか、そーだったのか）

と、思ったりした。

顔が――熱い。

みぞおちが、むずがゆくて仕方がない。

「お、俺とおまえは、ホントの友達じゃねーだろ。そういう〝設定〟なだけだろ」

目をそらして言うと、ヒカルはおだやかに、

「……うん、そうだね。葵さんにプレゼントを渡してもらうまでの、〝仮〟の友達だね」

と、つぶやいた。

自分で、友達設定なだけだと言っておきながら、ヒカルを傷つけてしまったような気がして――同時に、是光自身も胸が疼いて、ひどく淋しい気持ちになってしまった。

「おう、さっさと心残りをはらして、成仏してもらわねーとな！　毎度、花がどうたらこうたら講釈《こうしゃく》されたら、たまらねぇぜ。つか、花なんかすぐ萎《しお》れるし、折れるし、潰れるし、食えねーし、役に立たねーし」

自分が淋しさなんてものを感じていることに戸惑《とまど》って、ますます、つっけんどんな口調になってしまう。

花のことなんて、わざわざ口にする必要はなかったのに。

ヒカルは、これまでと変わらない明るい声で言った。

「あはっ、食べられる花もあるけどね、タンポポも、すみれも、薔薇《ばら》も、なかなかいけるよ。そうだ、今度、女の子を誘って野草狩《やそうが》りに行こう」

微妙な心地の悪さを味わっていた是光は、目が点になった。

野草狩り――、だと？

ヒカルが嬉々《きき》として語りはじめる。

「野山で、食べられる草をつむんだよ。山ガールとか、森ガールとか可愛いし、野外で調理するのも親密度がアップしてお薦《すす》めだよ。おなかもふくれるから、是光の好みにも合うだろ？　あ、でも、女の子は、食べるよりも贈《おく》られる花のほうが好みだと思うけどね。野山にしか咲かない素朴《そぼく》な花をつんで贈るのって、結構ポイント高かったりするんだよねー」

是光の頭の中に、情景が浮かんだ。

『ほら！　タンポポがこんなにいっぱいだよ！　今夜は天ぷらとおひたしだ！』

広々とした草原で、両手にたんぽぽを持って、晴れ晴れと笑うヒカル。

何故かバックにヨーデルが流れている。

その横で、見知らぬ女たちが、

『きゃー、ヒカルくん、すごい』

『ヒカルくんの手料理、食べた～い！』

と、ぴょんぴょん跳ねる。

「――たとえばタンポポや白詰草《しろつめくさ》なんか花冠にすると素敵《すてき》だよ。是光みたいに硬派な男の子が、不器用《ぶきよう》そうに編んであげるのはいいよねー。きっと相手も感激しちゃうよ。一輪だけつんで指輪にして、女の子の薬指にはめてあげるのも、効果抜群！　作り方をぼくが教えてあげる。簡単だから是光にもでき――」

「だからっ！　花と女から離れろっっ！　ハーレム皇子」

ヒカルに不用意な言葉を吐いてしまったのではないか、八つ当たりしてしまったのではないかと、ひそかに心を痛めていたのに、シリアスな空気がいっぺんに吹き飛んでしまった。

やっぱり、こいつはただの能天気野郎だ！

ヒカルが、失敗しちゃった、というように肩をすくめる。

「とにかく、ナンパの話とかしてねーで、どうしたら婚約者におまえの気持ちが伝わるか真面目に考えようぜ。つか、おまえの婚約者、相〜〜〜〜当、手強《てごわ》いぞ。おまえが贈りたいと思ってるプレゼントって、下駄箱の中にぶち込めるようなもんじゃねーし」

そう、そこが頭の痛いところなのだ。

ヒカルが葵に約束した残り六つの誕生日プレゼントは、店で購入して、はいどうぞと、渡してすむものではない。

それをすべて受け取ってもらうためには、赤城是光という男を、帝門ヒカルの想いを伝える代理人として、葵に認めてもらわなければならない。

そんなことできるのか？

〝仮〟の友達なのに。

こめかみが、ずきずき痛む。

顔をしかめて唸っている是光に、ふいにヒカルが言った。

「あ、ぼく、今、ものすごく基本的なこと思い出した」

「なんだ？」

「ぼくが葵さんに七つの贈り物をすると約束したことは、ぼくと葵さんしか知らないはずなんだよ」

「おう」

「だからさ、それをきみが葵さんに伝えて、ぼくの代理人をするって説明すれば、葵さんも心を開いてくれるんじゃないかな」

「おおーっ！　確かにそれならイケそうだぜ！」

是光も身を乗り出す。

「最初から言えよ、このやろー。ああ、けど、これで一歩前進だな」

「あはは、ぼくもうっかりしてたよ」

「一人でゆっくり風呂とトイレに入れる日も近いぜ！」

このときばかりは、青空の下、本当の友人同士のように手に手をとって（は、無理だったが）喜びあったのだった。

◇　◇　◇

昼休みが終わり屋上から教室に戻った是光を見て、式部帆夏はムッとした表情を浮かべた。

焼きそばパンを奪《うば》われた恨みを思い出し、是光も睨み返そうとしたが、葵の問題が片づく見込みが立ったため、

（フンッ、俺は小さいことにはこだわらない男だぜ）

と、無視をした。

そうして、放課後になると、ヒカルの代理人の役割をはたすべく席を立ち、三階の美術室へ向かったのだった。

「あれ？　誰もいねーぞ」

「ちょっと早すぎたみたいだね」

中はがらんとしていて、デッサンに使う首から上の像が素っ気《そけ》なく、こちらを見ている。キャンバスもイーゼルごと隅のほうへ寄せてあった。

「これ……葵さんの絵だ」

ふわふわと宙をただよいながら、一枚のキャンバスの前へ移動したヒカルが、あのとろけそうな笑みを浮かべる。

是光も横からのぞきこむ。

「へぇ……意外とその……うまいじゃねーか」

お世辞《せじ》ではなく、本気で見惚《みほ》れてしまった。

校舎の階段を下から見上げた絵で、全体が金色のもやがかかっているようなやわらかな色合いで塗られている。

階段を照らす日射しが、目を細めたくなるほどあたたかで透明で、けれど、人の姿のない風景はどこか淋しくもあって……。

この優しい淋しい絵を、あのツンケンした女が描いたのか……。

「葵さんは、風景画が得意なんだよ。階段だけじゃなくて、学校の下駄箱や、渡り廊下や、図書室の隅にある本棚や、人気《ひとけ》のない体育館のステージや、校庭の水飲み場や――そんな普通の人なら見過ごしてしまうようなささやかな場所を、すごく優しい色で描《えが》くんだ」

ヒカルは、自分が褒《ほ》められたみたいに、唇をほころばせている。

絵を見つめる瞳は、大切なものを見守るように甘く深く、美術室の窓からこぼれる光の粒が、ヒカルの周囲を静かに舞っている。


(こいつはタラシだけど、葵のことはマジだったんだな……)


色恋に疎《うと》い是光にもわかる、愛おしさに満ちた表情――。

これまでヒカルに渋々協力してきたのは、早く成仏してほしい一心だった。けど、今、こんなにも優しく微笑むヒカルの横顔を見て、ヒカルの気持ちが葵に伝わればいいと思ってしまった。

(俺は仮の友達だけど……縁《えん》があって引き受けたことだからな。葵に、おまえの誕生日プレゼントをきっちり渡してやる。葵に、おまえの気持ちを伝えてやるぜ)

声に出さずにつぶやいたとき。

「なにをしてるんですか」

後ろで、張りつめた声がした。

葵が青ざめた顔で立っている。眉根を小さく寄せ、唇を噛みしめ、大きな瞳に怒りを浮かべている。

「出ていってください」

細い肩が震えている。是光のことを怖がっているのかもしれない。

「葵さん、是光の話を聞いて」

ヒカルが葵を安心させるように話しかける。

その声は悔しいことに、葵には届かない。

「あなたとお話することはないと、昨日、申し上げました」

葵がきつい声で続ける。

ヒカルが是光のほうを見る。是光は、〝任せとけ〟と目で合図をしたあと、頬を引きしめ、可能なかぎり真剣な顔で、葵のほうへ近づいていった。

葵がびくっとする。

「俺はまだ、あんたにヒカルの二つめのプレゼントを渡していない」

葵の体が、また小さく揺れる。瞳にかすかな驚きが浮かぶ。ヒカルと自分しか知らないはずのプレゼントのことを言われて、動揺しているのだろう。

(よし、つかみはオッケーだ)

息をのむようにして見守るヒカルのほうへ、右手の親指をこっそり立ててサインを送る。

「ヒカルがあんたに約束した七つのプレゼントの残り六つは、ヒカルに頼まれて俺が預かっている。あんたの誕生日に、それを受け取ってほしい。だからその日俺と──」

いきなり、鞄が顔に飛んできた。

ヒカルが「葵さん、ストップ！」と叫んだときには、それは是光の顔のど真ん中に命中していた。

「な──なんだぁ」

毛を逆立てた子猫のように、葵が今にもふーふー唸りそうな勢いで、是光を睨んでいる。

葵は怒っているのだ。

是光が話し出す前より、さらにこぶしを震わせ、唇を噛みしめ、眉根を寄せて。

状況が把握《はあく》できずにいる是光に、絵筆を洗うバケツだの、デッサンに使う鉛筆だのが、飛んでくる。

「嘘をつかないでください！　どうしてヒカルが亡くなる前に、そんなことを頼むんですか！　ヒカルは、事故死だったんですよ！」

（やべ、そうだった）

ヒカルが葵にひとつ目のプレゼントを贈った時点で、自分の死を予期していたはずはないのだ。

「葵さん。是光は、ぼくが大切な女の子に、七つの誕生日プレゼントを贈ると聞いていて、ぼくの代わりに友達の自分がその役目を引き継ごうとしてくれたんだ」

　ヒカルがフォローを入れる。

「そ、そうだ！　俺はヒカルの、とと、友達で！　前からヒカルから七つのプレゼントのことを聞いていて――大切なプレゼントに、女の子を渡すんだって」

　絵筆をよけながら叫ぶ。焦《あせ》っているため文脈が怪《あや》しい。

「あなたが登校したのは、ゴールデンウイークの前の日だって、朝《あさ》ちゃんが言ってました！　たった一日しか学校にいなかったあなたが、ヒカルの友達のはずがないって。わたしのこと、騙《だま》そうとしているんだって。あなたの言うことは全部嘘だから耳を貸しちゃいけないって」

（朝ちゃんって誰だ？　おい）

「葵さん、落ち着いて。実は、ぼくと是光は以前から親友で――」

「そう！　俺とヒカルは、十年来のダチだったんだぜ！」

「ヒカルには、男性の友達なんて幼稚園の頃からいませんでした！　遊び相手は、女性ばっかりでした！　朝ちゃんだって、そう言ってます！　ヒカルに男友達なんかいるわけないって！」

　絵の具のチューブが、是光の顔にあたる。

（だから、朝ちゃんって、誰だ！）

赤、青、黒、緑、チューブが次々飛んでくる。歯を食いしばり、息を乱す葵の目に、激しい憤《いきどお》りが浮かぶ。

「もし――あなたの言葉に、ひとつだけ本当のことがあるとしたら、ヒカルが、わたしにした約束を、他の人にぺらぺらしゃべったということだけです！　きっと女性への寝物語にでもしたのを、相手のかたがおもしろがってよそで話して、それをあなたも聞いたのでしょう」

「葵さん、違う」

ヒカルが叫ぶ。

が、否定しても聞き入れそうにないほど葵は興奮《こうふん》している。

「出て行って！　出て行ってください！　わたしのこと、バカにしないでください！　朝ちゃんに言われなくても、あなたみたいな下劣《げれつ》な人に気を許したりしません！」

葵は、キャンバスやトルソまで投げつけてきそうな勢いだ。

「是光、ダメだ。出直そう」

「てか帝門、おまえ信用なさすぎだ！」

「早く出て行ってください！」

肩にさげていた鞄を顔の前にかかげ、葵の攻撃《こうげき》をかわしながら、後ろ足で出入り口まで辿り着き、戸を開ける。

「また来るからな！」

鞄の横から顔を出し叫んだはいいが、パレットが顎《あご》にあたり、体が後ろにのけぞった。

「うおっ！」

廊下に向かってたたらを踏《ふ》むが、踏ん張りきれず倒れる。そこに、

「きゃっ！」

と甲高《かんだか》い声がし、続いてすっきりした甘い香りが是光の鼻に押し寄せ、やわらかなものに顔がめりこんだ。

（ん？　なんだ？　何故、廊下にクッションが？）

「こ、是光！　それはマズイ！　いくらなんでも校内の廊下のど真ん中なんて、ぼくも未知の体験で」

何故かヒカルが焦っている。

次の瞬間、

「この痴漢《ちかん》っっっ！」

胸のあたりに、どかんと衝撃《しょうげき》がきた。

顔を上げると、斜め下に式部帆夏の顔があった。頬を真っ赤に染め、殺したそうな目で睨んでいる。

さらに是光の真下には帆夏の胸があり、どうやらそれが先ほどまで是光が顔を埋めて

いたクッションらしく、さらに帆夏の膝の先が是光の腹にめり込んでいて——。

今度は、首がもげそうなほどの衝撃が来た。帆夏が是光の右側から首筋にこぶしを叩き込んだのだ。

「ぐおっ」

是光の体が、横にかしぐ。そのまま床に転がる。

「変態っ！　レイプ魔！　死なす！」

腹や肩に、かかとやつま先が、どかどかめり込む。

素人離《しろうとばな》れした蹴りに、是光は呻いた。

「式部さん、違うんだ！　事故なんだ！」

ヒカルが必死に釈明《しゃくめい》するが、効果がまったくないのは、葵で実証済みである。

帆夏は、ズタボロになった是光を軽蔑《けいべつ》の眼差しで見おろし、

「今度、校内で女の子を押し倒して、む、胸に顔を埋めたりしたら、もいでやるからね！」

と宣言し、去っていった。

いつの間にか集まっていた見物人のほうから、

「式部さん、カッコいい」

「ヤンキーみっともない」

という声が聞こえ、戸口のところに立っていた葵が、

「……最低です、やっぱり朝ちゃんの言った通りです」

と冷たく言って、ぴしゃりと戸を閉めたのだった。

鞄からこぼれたノートや教科書やペンケースが散らばる中、廊下の真ん中に大の字に倒れた是光は、

（くそぉぉぉおっ！　俺が式部の胸に突っ込んだのは、おまえがパレットを投げたからだろうが！　それと朝ちゃんって、絶対俺のこと嫌いだろ！）

と無言の雄叫びを上げたのだった。

脇《わき》でヒカルが、

「是光！　しっかりして、是光！　きみまで死んでないよね！」

と、縁起《えんぎ》でもないことを言っていた。

◇　◇　◇

「やっぱ、女なんてろくでもねーやつばっかだぜ。あのツリ目女、人の話も聞かずに、どかどか蹴りやがって。おまえの婚約者も、筆だの絵の具だの、ぽんぽん投げてきて、俺は射的《しゃてき》の的《まと》じゃねー！　これだから女は！」

自室の畳《たたみ》であぐらをかき、是光は祖父の口癖を連発しながら、怒りをぶちまけていた。

帆夏に蹴られた腹や肩がズキズキする。あやうく、また入院するところだった。

「なにかその……色々、ごめん」

能天気なヒカルもさすがに是光の前で、肩をすくめて正座している。

「あんなに葵さんに不信感を持たれているなんて、想像してなかった……わけじゃないけど……あそこまでひどいとは……葵さんの中のぼくって一体……いや、やっぱり日頃の行いが悪すぎた……かも。けど、どの花もそれぞれに魅力的で……」

「海より深く反省しろ、どすけべ」

「はい……」

ヒカルがますます小さくなる。

「で、これからどうするよ。おまえが女に寝物語とかほいほいする天然タラシだったせいで、葵のガードはますます固くなっちまったぞ。誕生日までに葵の心を開くなんて、できるのか」

「葵さんは他の女の子たちと違うってことを忘れてた」

ヒカルが弱ったように眉根を寄せる。

「葵さんが相手だと、ぼくも普段の調子が出ないっていうか……生きているときも、葵さんを笑わせるより、怒らせるほうが多かったし。うぅ、役立たずの天然タラシの美少年で、ごめん」

「自分で美少年とか言うなよ。てか、それ全然ダメじゃん」

「うーん、女心がわかるアドバイザーが必要かも」

ヒカルが眉根を寄せたまま目を閉じ、つぶやく。

「たとえば知的で優しいお姉さんとか。下級生の女子に慕《した》われて相談相手になっているような——南米産の恋の花へリオトロープ——和名ニオイムラサキみたいな晴れやかさと香り高い知性をあわせ持った、頼りになる女性が」

「また女かよ！」

是光が突っ込んだとき。

いきなり室内に明るいメロディが流れた。

「な、なんだぁ？」

確か人気バンドのヒット曲だ。女性ボーカルが歌い上げるノリのいい恋愛応援《おうえん》ソングで、何故それが急に？

「是光、携帯鳴ってる」

こんな曲、着メロにした覚えはないのだが。そもそも是光の携帯に着信があること自体まれで——。

鞄をのぞくと、携帯がちかちか点滅《てんめつ》していた。

手にとって、引っ張り出す。

あざやかなラベンダーカラーで、きらきらしたアクセサリーだの、不細工《ぶさいく》なクマ？のマスコットだのが、ぶら下がっている。

「これ、俺のじゃねーぞ」

「女の子の携帯って感じだね」

着メロは、まだ鳴り響いている。出たほうがいいのだろうか。

蓋を開けたが、滅多《めった》に使わないので、操作《そうさ》がよくわからない。適当にボタンをいじっていたら着メロが止まり、メールの着信の履歴《りれき》が、画面にぞろりと表示された。

『ぱーぷる姫へ　トモノリくんと初デートの件(>_<)』

「ぱーぷる姫？」

他の履歴も、

『Reぱーぷる姫　明日告白します〜〜〜〜』

『ぱーぷる姫！　元彼のユウキくんのことで、相談です！』

『Ｒｅぱーぷる姫　Ｋと仲直りしました』


と、やたらぱーぷる姫が目につく。

「ぱーぷる姫って、アホっぽい名前だなぁ」

つぶやくと、脇からヒカルが口を出してきた。

「ぼく、聞いたことあるよ。女の子たちの間でちょっと話題になってて……えーと、待って、思い出すから。ぼくは女の子に関することなら記憶力が十倍増しになるんだ。そう、あれは、聖美《せいび》女学園の二年の玲子《れいこ》さんと、ルノアールの絵画展に行った帰りで……」

顎に手をあて、しばし考え込んだあと、

「そうだ！　ケータイ小説書いてる人だ」

「ケータイ小説？」

「うん、波瀾万丈《はらんばんじょう》で甘々の恋愛小説。それでブログで恋愛相談もやってて、〝恋愛の達人〟って呼ばれてるって。是光の携帯、ネットに繋がる？」

「……多分。やったことねーが」

「じゃあ、ぱーぷる姫で検索《けんさく》してみて」

ヒカルに操作を教えてもらいながら、自分の携帯に『ぱーぷる姫』と文字を打ち込み、検索する。

するとトップに『ぱーぷる姫のお屋敷』という、ブログが表示された。

「そこだ」

クリックすると、紫をベースにした、目がちかちかするような華美なページが現れる。カテゴリーが『小説』『恋愛相談』『日記』にわかれており、『小説』をクリックすると、一文がやたら短くて、改行と空白の多い文章が並んでいた。

『タクマの吐息《といき》。
あたしの頬にかかって。
冷たくて。
スパイシーで。
心臓《しんぞう》、ｚｕｋｉｚｕｋｉで。
ヤバイ、
マジに恋しちゃったカモ』

「？　？　？」

（吐息がスパイシーで、心臓ｚｕｋｉｚｕｋｉって、よくわかんねーぞ、つかこれ小説？　ポエム？）

首をひねりつつ、今度は『恋愛相談』をクリックしてみる。

すると、

『今日は、さぼてんフラワーさんの悩みに回答するネ！

さぼてんフラワーさんからのメールは、こちらだよ！』

という前置きのあとに、

『ぱーぷる姫、聞いてください。

わたしは、クラスメイトのＫに激ｌｏｖｅな、高一女子です。

Ｋとは男同士の友達みたいな関係で、わたしはＫに女だと思われてません。

Ｋが好きなのは、わたしの部活仲間のＹ美で、なんとわたしに、Ｙ美につきあっている人がいないか聞いてほしいと言うのです。

わたしは、うんと言ってしまいましたが、その夜お風呂で泣いてしまいました。

わたしはどうすればよいのでしょう』

そんな相談のあとに、ぱーぷる姫の回答が続く。

『さぼてんフラワーさん！

それ絶対、あなたの気持ちをKくんに伝えなきゃダメだよ！

Kくんとの関係を壊すのが怖いって気持ちはよーくわかるけど、もしKくんがY美とつきあっちゃったら、もっと辛《つら》いことになるよ。

今、行動しなきゃ！

さぼてんフラワーさんの告白がうまくいくように、ぱーぷる姫からいくつかアドバイスするよっ。

まず、Kくんに、さぼてんフラワーさんが女の子であることを認識させることが一番重要です！

髪型や小物やメイクを、乙女チックに変えてみて。

それで、Kくんにどうしたんだ？　って訊《き》かれたら、ちょっと気弱な感じで、

「好きな人がいるの、彼に振り向いてほしくて」

て言うの。

そしたら、〝好きな人〟が誰なのか、Kくんは気になって仕方がなくなるはずだよ』

そんな感じで、延々と恋愛相談と回答が続いてゆくのだった。

是光は、携帯を見おろしたままつぶやいた。

「……なぁ、俺の鞄の中に入ってたこの携帯の持ち主が、〝ぱーぷる姫〟なのか？」

「メールの表題から見て間違いないだろうね」

「今日、美術室の前で、式部に蹴りまくられたよな」

「そうだね、スカートがすごい勢いでめくれて、綺麗な足が太ももまでばっちり見えていたよ」

「あいつがいなくなって起きあがったときは、周りに鞄の中身が散らばっていて、みっともないし、腹立つし、とにかく落ちてるもの全部突っ込んでさ……」

「うん」

二人とも神妙な顔つきになる。

「あの中に式部が落としてった携帯が、混じってた……とか」

「あるかも」

「つまりその……」

是光は気まずげな声で言った。

「式部が、ぱーぷる姫ってことか？」

三章　恋愛の達人と呼ばれているけど……。

「ああ、もうっ、なんで出ないの」

自宅の居間で、受話器を耳に押し当てながら、式部帆夏《しきぶほのか》は焦《あせ》っていた。

携帯《けいたい》がないことに気づいたのは、帰りの電車の中だった。いつものようにサイトの更新をしようと、スカートのポケットに手を入れたら、空っぽだったのだ。

慌《あわ》てて学校に引き返し、教室の机や、ロッカーや、今日行った場所や通った廊下《ろうか》を、探して回ったが、見つからない。

校内に残っていた知り合いに頼んで、帆夏の番号にかけてもらったが、電波が届かないか電源が入っていないので、かかりませんというアナウンスが流れるだけだった。

(どうしよう。職員室にも届いてなかったし、やっぱりあのとき落としたんじゃ)

放課後、廊下を歩いていたら、ものすごい勢いで人がぶつかってきた。

相手は隣《となり》の席の目つきの悪い赤毛のヤンキーで、そのまま帆夏を押し倒し、それだけでなく、胸に顔を埋めたのだ！　あのエロバカ野郎の赤城是光《あかぎこれみつ》は！

昼休みに焼きそばパンをとられた腹いせだろうか。思い出すだけで頭の中が煮えくり返り、全身に蕁麻疹《じんましん》が出そうになる。もっと蹴《け》ってやればよかった。

けど、足を振り上げたあのとき、スカートから携帯が落ちてしまったのかもしれない。それくらいしか心当たりがない。

もし、誰《だれ》かに拾われて、中身を見られてしまったら。

目の前が真っ暗になり、喉《のど》が引き絞られ、脈拍《みゃくはく》が上昇した。

（いやぁっ、それだけはいやっ）

すでに切れている受話器を握りしめ、首を左右に振り身悶《みもだ》える。明るい茶色の髪が、ぺしぺしと頰《ほお》を叩《たた》く。

（ううん、親切な人が拾って、職員室に届けてくれてる可能性もあるんだから。で、でも、もし赤城みたいな最低のやつが拾って、中を……うあああ、ダメダメ、考えちゃダメぇ）

必死に嫌な想像をかきけそうとしたが、それでも胃がきりきりと痛んで、夕食は大好きな酢豚《すぶた》だったのに残してしまった。

翌日、朝一で職員室へ行ったが、携帯の落とし物はまだ届いていなかった。教室に戻った帆夏に、

「ほのちゃん、顔色が悪いよ。どうしたの？」

クラスの級長をしている、眼鏡《めがね》におさげの友人が、心配して声をかけてくれたが、

「べ……別に」

と、胃を押さえてつぶやくばかりだった。

そこへ赤城是光が登校し、無言で隣の席に座った。

携帯のことがなかったら、痴漢《ちかん》、変態と、罵《ののし》ってやるところだが、今はそれどころではない。それでも隙《すき》を見せたくなくて、睨《にら》んでやろうと顔を向けたら、なんと！　是光のほうも帆夏を見ていた！

帆夏は本気で心臓《しんぞう》が止まりかけた。

「！」

慌てて顔をそむける。

胸が早鐘のように鳴っている。

(なななな、なんで見てるの)

しかも、あんなに目をすがめて、口を引き結んで、眉間《みけん》に皺《しわ》を寄せて真剣に。

怖くて、膝《ひざ》が震《ふる》えてしまい、もう是光のほうを見ることができなかった。

が、朝のホームルームが終わる直前、是光が帆夏にだけ聞こえる低い声で、ぼそっと言ったのだった。

「おまえの大事なものは、俺が預かってる。休み時間、屋上に来い」

「！」

また心臓が停止しかける。

是光はそれだけ言うと、むっつりと口を閉じてしまった。


きっとヤンキーで痴漢で変態の赤城是光は、携帯の中身を見たのに違いない。

帆夏の秘密を知ってしまったに違いない。

一時間目の休み時間。

是光は先に教室を出ていった。

一分ほど遅れて屋上へ向かう帆夏は、病人のように青ざめていた。

(携帯のことをネタに、恨《うら》みをはらす気なんだ。最低だ)

一体、なにを要求されるのだろう。

不安で足が何度もよろめき、胃がぐりぐりとこねまわされているように痛んだ。

屋上へ続く扉を開けると、ポケットに手を入れた是光が、真ん中に立っていた。

猫背気味《ぎみ》の背中。

ばさばさの赤い髪《かみ》が、無造作《むぞうさ》に風になびいている。

帆夏に気づいて、顔をこちらへ向ける。この世のすべてに敵意と恨みを抱《いだ》いているような、鋭《するど》い眼差《まなざ》しが帆夏を射る。危険人物だ。

どう見ても、ヤンキーだ。

帆夏は気絶しそうだった。

しかし、ここで気弱なところを見せたら、骨までしゃぶりつくされる。

そうだ、こんなやつに屈したらダメだ。

髪を片手で後ろに振りやり、顔をキッと引きしめ、是光を睨んだ。

「用はなに？　あたし、忙《いそが》しいんだけど」

「この携帯、おまえのだろ」

是光がいきなり携帯を、水戸黄門《みとこうもん》の印籠《いんろう》のようにつきつける。

帆夏は心の中で、悲鳴を上げた。

「そ、そそそうよ」

拾ってくれたの、ありがとう、とにっこりすべきか？　それとも、そんなの教室でさっさと渡しなさいよ！　と文句を言って奪《うば》い取《と》るべきか？

帆夏が決断する前に、是光の口からさらに爆弾《ばくだん》が投下された。

「悪《わり》ぃ、なか、見ちまった」

「！」

「ぱーぷる姫へって、メールの表題」

「〰〰〰〰〰〰〰！」

「〝ぱーぷる姫のお屋敷《やしき》〟って、ブログも見た」

「そそそそそそそ」

それがなにか？　と平静を装《よそお》うとするが、舌が回らない。

体が熱くなったり冷たくなったりを繰《く》り返《かえ》して、自分の顔が赤くなっているか青くなっているかも、わからなくなった。

ブログを見られた！

それは、ぱーぷる姫の小説や恋愛相談にも目を通したぞ、と暗に語っているということで――。

「おまえ、〝恋愛の達人〟って呼ばれてるんだってな」

是光が、帆夏のほうへぐいっと顔を近づける。

帆夏の体が、こわばる。

（な、なにをする気！　このヤンキー！　痴漢！）

ちょっとでもさわったら屋上から蹴り出してやる。

身構《みがま》える帆夏に、是光が口を尖《とが》らせ、頬を引き締め、眉《まゆ》をきりっと上げ、真剣そのものの表情で言った。

「まず、昨日のあれは事故だ。俺は痴漢でも変態でもない。そんで、ここからが本題だ」

（本題？　冤罪《えんざい》の落とし前をつけろっての？）

息をごくりとのんだとき。

「頼むっ！　俺に女の口説《くど》きかたっつーか、心の開きかたってやつを教えてくれ！」

がばりと頭を下げる赤髪のヤンキーを、帆夏は茫然《ぼうぜん》と眺《なが》めていたのだった。


そもそも帆夏は、男が苦手であった。

きっかけは、中学一年生の春、露出《ろしゅつ》狂《きょう》のおじさんに出くわしたことだった。

学校の帰り道、まだ日は明るく、帆夏は元気に歩いていた。

するとコートを着てサングラスをかけたおじさんが、具合悪そうに道ばたにうずくまっていた。

「どうしました！」

驚《おどろ》いて駆け寄ったら、いきなり立ち上がり、コートの前を、がばっと開いたのだった。

中は全裸で、股間《こかん》のそれは勢いよくそそり立っていた。

帆夏は悲鳴を上げ、逃げ出したのだった。

なに!?

今のはなに!?

あの股間の気味悪いものは！

男の人って、みんなあんななの？　嫌ぁぁぁぁぁぁっ！　気持ち悪い！

以来、ふとしたおりにあのときの光景がよみがえり、わーっと叫びたくなるのだった。

一時期、クラスの男子の顔を見るだけで、変態おじさんのことを思い出してしまい、顔をそむけたり、体を引いたりと、不自然な行動を繰り返し、これじゃあ一生恋愛ができないのではないかと悩んだ。

けど、このまま男嫌いになったら、変態おじさんに屈《くっ》することになる。

それは悔しい。帆夏の矜持《きょうじ》が許さない。

それで、痴漢に負けないためにキックボクシングのジムに通い、いざというときのために蹴《け》り技を習得し、同時に、男性に免疫《めんえき》をつけるため、携帯で恋愛小説を書きはじめたのだった。

思いきりアマアマで現実離れした愛だの恋だのに「こんなのリアルで、ありっこないよー。こんなクサイ台詞《せりふ》吐く男、いないってー」と突っ込みを入れたり、赤面して回転椅子《いす》でぐるぐる回りながら、だんだんのめりこんでいった。

読者も増え、更新のたび「おもしろかったです！」「ナツノの恋に感動しました」と反応があるのが嬉《うれ》しくて、更新のペースが上がった。

そのうちブログのコメント欄《らん》で、恋愛相談をされるようになり、それに答えていたら、他の子たちからも次々恋の悩みを打ち明けられてしまった。

もともと頼られると弱い姉御肌な性格だったため、親身に回答を続けていたら、いつのまにか〝恋愛の達人〟と呼ばれていたのだった。

実際は、男の子とつきあったことなど、一度もないのに。


「——頼む」

目の前には、両手を脇《わき》につけて、深々と頭を下げているヤンキーがいる。

「俺のヘリオトロープになってくれ、ニオイムラサキになってくれ」

わけのわからないことを言われて声を詰まらせる帆夏に、美術部の左乙女葵《さおとめあおい》の心を、どうしても開きたい、女の口説きかたを教えてくれと、真剣な声で訴《うった》える。

(やだっ、どうして痴漢のくせに、真面目《まじめ》に相談とかするの？　頭とか下げるの？)

じわりと、冷や汗がにじむ。

(どうしよう。あたしのこと〝恋愛の達人〟だって信じてるみたい。ううっ、ブログでさんざんイイ女ぶっといて、本当は男の子とデートしたこともないなんて、みっともなくて言えないよ～)

是光は頭を下げたまま、石のように動かない。

帆夏の視線の下に、ばさばさの赤い髪と、つむじがある。

見おろす帆夏の腋《わき》の下と手のひらに、どんどん汗がにじんでゆく。目の前で助けを求めている相手を放っておけない性格が、帆夏を追いつめる。

昨日は、事情も聞かずにいきなり蹴ったりして、自分も悪かったかもしれない……。

不良っぽく見えるけど、根は純情なやつなのかもしれない……。

それに、携帯の中身を見られて弱みも握られてしまったし……。

「あ、あたしが、ぱーぷる姫だって絶対誰にも言わないって誓《ちか》うなら、協力してあげないこともないよ」

と、言ってしまったのだった。

◇　◇　◇

こうして、帆夏の恋愛指導《しどう》がはじまった。

「相手は、あんたの話も聞いてくれないわけね？　そんで、筆を洗うバケツだのパレットだのを投げまくられたと——あんたバカ？　二年の葵の上っていったら、華族の流れをくむ本物のお嬢様《じょうさま》だよっ。うちの学園に附属幼稚園《ふぞくようちえん》から在籍《ざいせき》してる人たちを、みんな〝貴族〟って呼んでるけど、彼女は中でもトップクラスなんだから。そんな高嶺《たかね》の花に、いきなり告白をかましても、ふられるに決まってるじゃない！　そうだな……古典的な手だけど、まず手紙を書いてみるってのはどう？　あんたの気持ちが真剣だって伝わるような情熱的な文章で、かつ、意外と教養《きょうよう》があるのねーと感心させるような知的なやつだよ」

「……字なんかもらって、女は喜ぶのか」

是光は、しかめっ面でボソリと言った。

「字じゃなくて、手紙！　文章だよ！　字だけもらっても嬉しいわけないでしょ」

是光は、だよな、嬉しくねーよなとか、また不機嫌《ふきげん》そうな低い声でつぶやいて、図書室のテーブルで、うんうん唸《うな》りながら手紙を書いた。

それを帆夏が添削《てんさく》し、何度も何度も書き直す。帆夏も何度も添削する。

是光の字が、えらく綺麗《きれい》なのに、帆夏は驚いた。

端正ですっきりしていて読みやすく、それでいて力のこもった男らしい美しい字だ。

手紙の内容は、正直小学校の作文レベルだが、そちらは帆夏が手を加えてなんとかするとして、この字ならいけるかもしれない。

帆夏までどぎまぎしながら、翌日早朝、是光と駅で待ち合わせて登校し、是光が家で清書してきた手紙を、葵の下駄箱《げたばこ》にそっと忍ばせたのだった。

そのまま二人で隠れて見守っていると、葵が青ざめた顔でやってきた。

肩からこぼれ落ちるまっすぐな黒髪が、肌の白さを際だたせている。体つきも、乱暴に扱ったら折れてしまいそうに華奢《きゃしゃ》だ。

（うーん、あらためて見ても、赤城とは思いきり不釣《ふつ》り合《あ》いなお姫様よねー。なんたってあのヒカルの君の婚約者だった人だもんなー）

女子にカリスマ的人気を誇《ほこ》り、ヒカルの君と呼ばれていた少年の顔を思い浮かべる。

軟派《なんぱ》な男は帆夏の好みではない。それでも、甘い瞳《ひとみ》やまぶしい微笑《ほほえ》みや、どれだけスキャンダルを重ねても変わらない高貴さや清浄さに惹《ひ》きつけられる女の子たちの気持ちはわかった。

昇降口近くの廊下に掲示された、ヒカルの君の追悼《ついとう》記事の隣に貼《は》られた色紙は、五枚にまで増えており、いまだにその死を哀《かな》しむ書き込みがある。

（微笑みの皇子《おうじ》と比べたら、どんな男もクズに見えちゃうだろうし）

（けど、婚約は、父親同士が親友で勝手に決めたことで、葵の上はまったくその気はなかって話だったっけ。ヒカルの君みたいに女の子をとっかえひっかえの浮ついた男には、うんざりしているかも。それなら、誠実さを見せれば……）

帆夏の隣では、是光がこわばった顔で葵を睨んでいる。

本人は真剣なのだろうが、恨みの念を送っているようにしか見えない。

（う……誠実というより、執念《しゅうねん》って感じ）

と、葵が手紙に気づいた。

眉をほんの少しひそめる。

差出人の横に、爽《さわ》やかな美しい字で『俺は痴漢ではありません』と書き添えてある。

それを見て、いっきに破いた。

「！」

「！」

重ねてまた二つに破き、ゴミ箱に投げ捨て、去っていったのだった。

「おい、〝恋愛の達人〟、あのクソアマ、読みもせずに破きやがったぞ」

「つ、次の作戦よ」

「いい？　葵の上が歩いてきたら合図するから、あんたはさりげなくその前を歩くんだよ。それで、生徒手帳を落とすの。そしたら、葵の上が拾ってくれるでしょう。それをきっかけに話をするの。きちんとお礼を言って、あくまでも紳士的《しんしてき》にね」

「お、おう」

二時間目の休み時間。

葵が移動教室のため生物室へ向かう時間を狙《ねら》って、スタンバイする。古い手だが、深《しん》窓《そう》のお嬢様は古典的アプローチに弱いものだ。

「来たっ！」

と帆夏が合図を送り、是光が歩き出す。

（〰〰〰っ、なんでポケットに手ぇ、つっこんでんのよ！　まるきりヤンキーじゃない）

是光にしてみたら、手帳をさりげなく落とすために、あらかじめポケットに手を入れていたのだが。

（ああああ、もう！　顎《あご》つきだして猫背になるの、やめろって。なんで、そんなに目とか口とか尖らせてるのっ）

はらはらしながら帆夏が見守る中、是光が手帳を落とす。

葵が手帳に近づいてゆく。

そこで、しゃがんで手帳を拾――。

わなかった。

それどころか、思いきり踏《ふ》んづけて、去っていったのだった。

「おい、俺の新品の手帳に、靴《くつ》の痕《あと》がついてるんだが」

「〰〰〰っ、次よ！」

その後も、帆夏の作戦通りに葵の周りをさりげなく徘徊《はいかい》する是光だったが、葵は是光を完全に無視すると決めたらしい。

是光がどれだけ気を引こうとしても、是光の姿が目に入らないかのように、前をキッと睨んだまま離れてゆくのだった。

　放課後の屋上で、

「おまえの作戦、全然効果ねーじゃねぇか、〝恋愛の達人〟」

と愚痴《ぐち》る是光に、帆夏が言い返す。

「あんたの顔が悪いのよっ！　その人相で近寄るから警戒《けいかい》されるんだよ！」

「って、整形しろとでもいうのか！」

「ううう、こうなったら、ヤンキーに見えて実はいいやつ！　というギャップ萌《も》えを狙うしかないわ！　ツンデレヤンキー！　これでいくのよ！」

「俺はヤンキーじゃねぇ！」


　翌朝。是光は、全身を猫グッズで固めていた。

　胸と靴に猫のバッチ、靴下に猫のワンポイント、携帯のストラップに猫のマスコット、鞄から猫のぬいぐるみが顔を出している。

　帆夏が入手した情報によれば、葵は猫好きで、携帯の待ち受け画面も自宅で飼っている愛猫《あいびょう》とのことである。

　その愛猫は、シェルブールという名前で、段ボール箱に入れられ公園に捨てられていたのを、葵に拾われたらしい。雑種であるが、葵はシェルブールを熱愛していて、夜寝

るときも抱きしめているのだとか。

葵はバスを利用しているので、バス停の近くで葵が通りかかるのを待ち、是光と帆夏は作戦を開始した。

葵は今朝も、青ざめていて、張りつめた表情をしている。

少し手前を歩きながら、葵に聞こえるように会話する。

「ねぇ、赤城。あんたが川で溺《おぼ》れかけていたところを助けた子猫は、元気にしてる？」

「おう、嵐の夜に、段ボールで漂流《ひょうりゅう》していた子猫は四匹とも元気だぜ」

「カラスにつつかれているところを助けた猫もいたよね」

「おう、あの三毛猫は妊娠《にんしん》をしていて、俺が子供をとりあげたんだぜ」

「あんたって本当に猫好きね〜。あんたのこと痴漢と間違えて蹴ったのは、あたしのミスだったわ。猫好きに悪いやつはいないもの。そうそう猫の写真をコレクションもしてるんでしょう」

「おう、いつでも貸し出しオッケーだぜ」

後ろで葵の声がした。

「あの」

是光と帆夏の耳がぴくりと動く。

効果アリか！

が――。

「邪魔《じゃま》だからどいてください」

冷え冷えとした声が言った。

「あ……悪ぃ」

是光が、そそくさと道をあける。

その脇を、険《けわ》しい顔をした葵が通り過ぎていった。

「……なぁ、〝恋愛の達人〟、俺、また振られた？」

是光が、ぼそりと言った。

◇　◇　◇

「あのさー……あんたもう、あきらめたほうがいいんじゃない」

昼休み。

屋上の手すりのところで、二人で並んで景色を眺めながら、帆夏は是光に言った。

「あそこまで頭下げてもらったのに、大して役に立てなくて申し訳ないんだけど、やっぱり葵の上の様子見てると、無理っぽいかなって」

今さらこんなことを言い出すのは、帆夏としても不本意だし、胸がちくちく痛むのだけど……。

「あんた、すごい頑張《がんば》ったよね。あんたのこと、ヤンキーで痴漢で最悪だと思ってたけど、好きな人に、あんなにマジになれるなんて立派《りっぱ》だよ。だから、あんたはもうやれることをじゅうぶんやったから、あきらめてもいいと思うんだ」

普通、好きな人にあんなに冷たい態度をとられたら、立ち直れないだろう。なのに何度も何度も、向かっていった。

恥ずかしいことも、みっともないことも、帆夏に言われるままに頑張ってやり遂《と》げた。

痴漢のくせに……。

「よかったら、彼氏いない子、紹介するよ」

つい、そんなことまで口にしてしまい、

(あ、マズ……っ。誰を紹介しよう。彼氏のいない子はたくさん知ってるけど……えーと、リコちゃんなら、スプラッタ映画好きだし、怖い顔に耐性《たいせい》あるかなぁ……)

と、頭の中で是光の外見にびびらなそうな女の子を、思い浮かべていたら。

「他の女じゃダメだ」

是光が手すりを見おろしたまま、きっぱり言った。

帆夏が是光のほうを見ると、眉根を強く寄せ、苦しそうに顔をゆがめていた。手すりを握る手が震えている。

けど、うつむいた額にこぼれる、ばさばさの赤い髪の下にある目は、強く光っていて、

「あきらめるわけに、いかないんだ」

明快に断言した。

その横顔と口調に、帆夏は引き寄せられた。

心臓が、ドキ――――ン！　と音を立て、顔がいきなり燃えるように熱くなる。

な、なに！

あたしなんで、赤面してんの⁉

それに、急に、む、胸が、苦しくなって――。なに、これ。

赤城のせい？

赤城が、あきらめないって言ったから？

他の男子なら、とっくに勝負を投げている。現にヒカルが亡くなったあと、葵に言い寄った男たちは、冷たい拒絶にあって、あっという間に引き下がったと聞いている。

どの男も、顔が綺麗だったり成績が優秀だったり、金持ちの息子だったり、自分に自信がある――附属幼稚園から学園にいる〝貴族〟の男ばかりだった。

なのに、ヤンキーで鼻つまみもので、平民どころか野良犬みたいな――彼らに比べて

圧倒的に不利な立場の是光が、あきらめないと言っている。

是光が、帆夏のほうへ顔を向ける。

愚直《ぐちょく》なほどまっすぐな眼差しで――強い眼差しで、帆夏を見つめて、

「忙しいのにつきあわせて悪かったな。いままで協力してくれて、その、ありがとな。あとは自分で頑張るぜ」

と、不器用《ぶきよう》そうな口調で言う。

帆夏は、ますます頬が火照《ほて》って、胸がきゅーっとしてしまった。

「が、頑張っても、ダメかもよ」

是光は、ちょっと顔をしかめたあと、熱い目で帆夏を見つめ返した。

「それでも、頑張るしかねーだろ」

風が、是光の赤い髪を吹き乱す。

強い意志のこもる眼差しに切なく胸を揺らしながら、帆夏は心の中で、

(ヤンキーなのに、痴漢なのに……)

と、つぶやいていた。

◇　◇　◇

どうして、赤城のことがこんなに気になるの。

恋愛指南《しなん》はいいって言われたのに……。

放課後、帆夏は荷物を鞄《かばん》につめながら、悶々《もんもん》としていた。

隣の席はすでに空っぽだ。きっと葵のところへ行ったのだろう。

（バカみたい。どうせまた振られるのに）

「ほのちゃん……最近、その、赤城くんと、仲いいよね」

「え！」

おさげの友人――みちるに、いきなりそんなことを言われて、帆夏はすっとんきょうな声を上げてしまった。

「あー、あたしもそれ、思ってた！　帆夏、よく赤城と話せるなー、怖くないのかなーって」

「赤城と屋上でいい雰囲気《ふんいき》だったって情報、マジ？」

他の女の子たちまで寄ってきて、質問攻めにする。

耳のあたりが、カァッと熱くなる。

「な、なに言ってんのっ。あたしがあんなヤンキーと、どうにかなるはずないじゃない。あたしは、もっと知的で爽やかな――そう、文学男子が好みなんだから」

ムキになって否定する。

そうだ、赤城なんかと噂《うわさ》になるなんて冗談《じょうだん》じゃない。

「だよね、帆夏なら、他に告ってくるカッコいい男の子がいっぱいいるしね」

「なのに帆夏ってば、全部断っちゃうんだもんなー。『友達でいよう』とか言っちゃって。男女の間に、友情なんか存在しないのにねー」

「ねー」

みちるをのぞいたクラスメイトたちが、同時にうなずく。

ワンテンポ遅れて、みちるが大きな眼鏡の奥から、おずおずと帆夏を見る。

「帆夏もさー、モテるからってクールに選《え》り好《この》みしてると、三年間彼氏がいない暗～い高校生活を送ることになるぞ」

「そうそう。だから合コンしよ。帆夏が来るっていうと、男子の集まりがいいんだ」

「悪いけど、今、そういう気分じゃなくて」

無愛想《ぶあいそう》に答える。

「そんなこと言わずにさ。級長もたまにはどう？」

話を向けられて、みちるが困ったように微笑む。

「わたしは、合コンとかちょっと……」

そのとき。

教室の後ろの出入り口のところで、知的な声がした。

「式部帆夏さんは、まだ残っているかしら」

顔を上げて、そちらを見た帆夏は、次の瞬間慌てて立ち上がった。

長く冷たい黒髪が印象的な、長身の美女が、あたりの空気をはらうような艶《あで》やかさをただよわせ、たたずんでいる。

切れ長の黒い瞳が、静かに帆夏をとらえた。

睨まれたわけではない。

なのに勝ち気な帆夏の心臓が、きゅっと縮《ちぢ》んだ。

（なんで、会長が――）

背筋を冷たい汗がこぼれ落ちてゆく。

「あたしが、式部ですけど」

上級生に――しかも〝貴族〟の頂点に立つ彼女が、中等部からの入学組である帆夏のような庶民にわざわざ会いに来る理由は、ひとつしか思いつかず、それにまつわる様々な噂を思い出し、ますます胃が痛くなる。

険しい表情を浮かべる帆夏に、平安学園高等部の生徒会長を務める、朝の宮こと斎賀《さいが》朝衣《あさい》は、おだやかだが、拒否《きょひ》を許さない口調で言った。

「訊《き》きたいことがあるの。生徒会室まで来てくれる」

◇　◇　◇

その頃、是光は美術室で、懊悩《おうのう》していた。

葵は是光に背を向け、キャンバスに筆で色を乗せている。

その背中を、是光ははらぺこの野良犬のように、じっとりと睨んでいた。いくら口をへの字に曲げてみても、状況が変わるわけではない。

「今度の日曜日、誕生日だろ」

誠意を込めて、話しかける。

「……」

「一日でいいんだ。その日だけ、俺につきあってくれないか」

「……」

葵は無言で筆を動かし続けている。

キャンバスの中には、透明な金色の光に満たされた階段がある。そこはあたたかなのに、葵の背中は粉雪が舞いそうなほど冷たい。是光たちから離れたところに固まって座っている他の部員たちが、居心地《いごこち》悪そうにしているのも、申し訳ない。

（くそぉっ、どうしたら振り向いてくれるんだ）

帆夏には、あとは自分で頑張ると言ったが、誕生日までに葵を振り向かせることができるのか？

もう時間がないという焦りが、喉をひりつかせる。

（おまえの〝彼女〟は手強《てごわ》すぎだぜ）

苦し紛れにヒカルのほうを見る。

ヒカルも、難しい顔をしている。

けど、なにかを決意したように、是光にわずかに微笑みかけると、かたわらをすっと過ぎて、葵のほうへ歩み寄った。

「葵さん」

動かない葵のすぐ隣で立ち止まり、優しい眼差しで横顔を見つめながら、静かに呼びかける。

「ぼくが葵さんの誕生日に七つのプレゼントを贈《おく》ると約束したことを、葵さんは、軽い思いつきみたいに考えていたかもしれない。けど、あれはぼくにとって大切な約束だったんだよ」

　窓からこぼれるやわらかな光の中——澄んだ香りがただようように、甘く切ない声が流れてゆく。

「葵さんとの約束をはたすために、ぼくは、今もこの場所にとどまっている」

　ヒカルの言葉は、葵には聞こえないのに——。

　真摯《しんし》な口調で、眼差しで、語りかけるのを、是光は息を止めて見つめていた。

　ヒカルの声が少しだけ、弱々しく掠《かす》れる。

「ぼくの声は、本当に葵さんの耳に、少しも届いていないのかな……。もし、ぼくの声がほんのちょっとでも聞こえたら、指を唇《くちびる》にあてて合図《あいず》をして」

（くそ……なんて目を、するんだ）

　ヒカルもわかっているはずだ。

　葵は、ヒカルの声も姿も、まったく認識できていないことを。

　それでも、背中を向けたまま、かたくなに絵を描き続ける葵に、ほんの少しでも振り向いてほしかったのだろう。

決して動かない——儚《はかな》いほどに小さな背中を見ていると、忘れていたことを思い出してしまいそうになる。

外灯の薄明かりの下、闇《やみ》の向こうへ消えてゆく背中。

呼び止めることもできず、窓にしがみついてただ茫然としていた幼い日の——。

あのとき見た背中と、葵の背中が重なる。

どちらも決して振り向かない。


「……葵さん」


ヒカルが奇跡《きせき》を願うような切ない声で、また呼びかける。

子供の頃、是光が、お母さんが笑ってくれますように、顔を上げてこっちを見てくれますように、ちょっとでもいいから笑ってくれますように、頭を撫《な》でてくれますようにと、繰り返し願ったように。

どうか、どうか、
どうか、神様。

心の中で、何度も懇願《こんがん》した。

どうか、お願いしますと。

（っっ、こんなときに、なにを思い出してるんだ、俺は）

もう、九年近くも前の話なのに。

母の誕生日に、お母さんの好きな字を書いてプレゼントしようと決めて、祖父の書道教室が終わったあと、一人で文机《ふづくえ》に向かって墨《すみ》をすり、半紙に字を書いたこと。

なかなか上手《うま》く書けなくて、何枚も何枚もやり直して。

お母さんが喜んでくれますようにと神様にお祈りしながら、はねた墨汁《ぼくじゅう》で顔や指を汚し、何枚も何枚も何枚も。

けど、誕生日が来る前に、母は是光を置いて、真夜中に家を出ていってしまった。

是光は、それを窓から見ていた。

一度も振り返らずに闇の中に溶けてゆく細い背中を。


——ごめんね、ごめんね、みっちゃん。


いつも泣きながら謝《あやま》っているばかりだった母の涙を止めたくて、母に喜んでほしくて一生懸命《いっしょうけんめい》に書いた字を、渡すことはできなかった。

母が去った翌日、これまで書いた何枚もの字の上に、いくつもいくつも筆でばってんを書いた。いくつもいくつも、顔をぐちゃぐちゃにして、鼻水をすりながら。

キャンバスを見つめたまま振り向かない葵の上に、遠ざかる母の背中が陽炎《かげろう》のように浮かんで、消える。

神様は是光の願いを叶《かな》えてくれなかった。

それでも、あの日の自分と同じ、祈るように気弱な目で一途《いちず》に葵に呼びかけるヒカルを見てしまったら——願わずにいられなかった。

ちょっとだけでもいい、そいつの望みを叶えてやってくれ。俺には、こんなにはっきり聞こえているんだ。葵にも少しくらい聞こえたっていいだろう。

胸が擦《こす》れるような気持ちで祈ったとき。

葵がパレットから、黒と茶色を混ぜ合わせたような澱《よど》んだ色をとった。

そのまま、キャンバスに筆を移動させ、左上角から右下角に向かって斜めに切《き》り裂《さ》くように、線を描《か》き殴《なぐ》った。

ヒカルの顔が、こわばる。

是光も正面から切りつけられたような気がした。

葵がさらに右上角から左下角に、線を引く。

子供の頃、書き上げた字の上に描いた黒々としたバツ印が、目の裏いっぱいに広がり、眼球が焼けるように熱くなった。

「なにしてんだ！　おまえ！」

大声で叫び、葵の腕をつかむ。

他の部員たちが驚いてこちらを見た。髪を巻いていた部員と、ネイルをしていた部員が、コテとマニキュアの瓶《びん》を、それぞれ落とす。

光にあふれていたキャンバスの上には、醜《みにく》いバツ印が大きく浮き上がっていた。

「さわらないでください」

葵が是光の手を鋭く振り払う。

葵の顔は、病的に青ざめ、目の中で怒りと嫌悪《けんお》が燻《くすぶ》っていた。

「おまえ……っ、こんな綺麗な絵を、なんでっ！」

「あなたと——口をきいてはいけないと、朝ちゃんに言われています」

(また朝ちゃんかよ！)

葵が是光から顔をそむけながら、無理矢理感情を抑えつけたような声を絞り出す。

「だからこれは、独り言です。……ヒカルは……」

葵の隣に茫然と立ちつくしていたヒカルが小さく肩を揺らす。

不穏《ふおん》な気配《けはい》を感じて、是光も息をのむ。

なにを言う気だ。これ以上、なにを。

「……わたしが知るかぎり……ヒカルは……」

幼げな唇が、苦しそうに言葉を吐き出す。手が少し震えている。

「……この世で一番……不誠実で……」

顔がますますこわばり、瞳にきつい光が浮かぶ。その視線の先で、ヒカルは眉を少し下げ、哀しそうに葵を見つめている。

ダメだ、よせ、言うなっ。

「最低の——嘘《うそ》つきでした」

ヒカルの瞳が、哀しみの色に染められる。

是光の心臓も、抉《えぐ》られたように痛んだ。

ヒカルが葵に対して誠実でなかったことは、きっとヒカル自身が一番よく知っている。それでも目の前で告げられたその言葉も、キャンバスいっぱいに描かれたバツ印も、ヒカルの胸に深く食い込んだはずで——。大事な人から拒絶される痛みに、魂《たましい》が悲鳴を放ったはずで——。

「つっ！　そこまで言うことないだろ。そりゃヒカルはタラシだったかもしれねーけど」

葵が手をぎゅっと組み合わせ、うつむく。

「本当のことですもの……っ。わたしはこの世で一番ヒカルが嫌いでしたし、一番ヒカルに苛々《いらいら》したし、一番ヒカルに嘘をつかれましたっ。あんな最低の人はいません。見た目が綺麗なだけで、中身は男のクズでしたっっ」

「なんだと！」

早口でつぶやく葵の声に煽《あお》られて、子供の頃に感じた痛みが——絶望が——叶わなかった願いが次々抉り出されて、頭に血が上った。こめかみが脈打ち、怒りが腹の底から突き上げてくる。

「是光」

ヒカルがなだめようとするが、是光を飲み込む感情の波は、激しさを増してゆく。葵も歯を食いしばり、浅い呼吸を繰り返しながら、ヒカルの非難を続ける。

「ヒカルが何人のかたとおつきあいしていたか、わたしは知りません。だって、とても数え切れませんものっ。いつも違う女性と一緒で、わたしが『あのかたは、どなた』って尋ねると、聖者みたいに微笑んで『知り合いだよ』とか『友人だよ』なんて言うんです。いつもいつも優しい顔ではぐらかして、わたしが怒っても笑ってばかりで——女性のかたたちと不誠実なことをしてたんです」

葵の青白い頬が赤く染まる。

ヒカルが葵を庇《かば》おうと、「ぼくは平気だから！」と必死で訴えている。

「だから——だから、あんなくだらない男、バチが当たって当然なんです」

それを聞いたとたん、言葉がほとばしっていた。

「当然なんて言うなぁっ！」

窓ガラスが振動するほどの是光の怒りの声に、葵がびくっとする。

「是光！　落ち着いて、ぼくは大丈夫だから！　ね？　ほら、みんなも驚いてるから」

ヒカルが止めるが、思いがあふれて止まらない。

「ヒカルはくだらなくなんかない！　最低なんかじゃない！　ちゃんとあんたとの約束をはたそうとしてたんだ！　今もしてんだ！」

大事な約束なのだと言っていた。

大切な子なのだと言っていた。

今だって、あんなに愛《いと》おしい、優しい、切ない目で、葵を見ていたのに！　葵に気づいてほしいと語りかけていたのに！

背中を向けて、去ってゆく母。

キャンバスにバツ印を描いた葵。

あんなに繰り返し願ったのに。喜んでもらいたくて、一生懸命に練習したのに。

どうして、そんなに簡単に捨て去ることができるんだ！

美術部の部員たちが、恐ろしそうに身を寄せあっているのに気づいて、是光は奥歯を嚙《か》みしめた。

「――っ」

声を荒らげてしまったことを反省したが、それでも葵の暴言に対する怒りだけはおさまらなかった。

「もう、いい」

最大限の軽蔑《けいべつ》を込めて、葵を見つめる。

「おまえにヒカルの想いを受け取る資格はねぇ。誰がおまえなんかに、ヒカルの想いを伝えるか。おまえには、もったいないぜ」

葵は唇をきゅっと結んでうつむき、大きな目にたまった涙をしばたかせて、引っ込めようとしていた。

「それで……結構です。どうせ本人が生きていたって、守るはずなかったんですから。約束などではなくて、その程度の」

ほんの少しだけ声を詰まらせたあと、うるんだ、きつい目で是光を見上げ、硬い声で告げる。

「……いつもの気まぐれだったんです」

これ以上、葵がヒカルを否定するのが耐えられなくて——ヒカルが哀しそうにそれを聞いているのが耐えられなくて、是光は引き戸を荒々しく閉め、美術室をあとにした。

「あんな女、とっとと忘れて成仏《じょうぶつ》しろ！　じいさんの言うとおり女ってわかんねー、最悪だ！」

廊下を歩きながら、震える喉で叫ぶ。

人目をかまう余裕もなかった。それほど腹が立っていたし、胸が切り裂かれそうで、頭が煮えたぎるようだった。目玉が熱くなって、鼻の奥がツンとする。

「是光、泣いてるの？」

ヒカルが驚いている声で言う。

「こ、これだから、これだから、女は──。喜ばせかたとか、全然わかんねーし、勝手に哀しんだり、怒ったり──黙り込んで口きかなかったり、いなくなったり──」

いくら鼻をすすっても、目をカッと見開いても、熱い雫《しずく》が頰を伝う。

「だからっ、女と関《かか》わるの、嫌だったんだ……っ。ふざけんな、ちくしょー、人の気も知らないで……っ。ふざけんなっ」

胸がひりついて、涙と鼻水が喉につまって苦しい、痛い、塩辛い。

男のくせに、こんなにぼろぼろ泣くなんてみっともなくて、両手で顔をおおう。

「……是光、向こうへ行こう」

ヒカルにうながされ、人通りの少ないほうへ、よろめきながら移動する。廊下の隅《すみ》に、ずるずるしゃがみ込んで、そこで悔し涙を流し続ける是光に、ヒカルが静かにささやく。

「……ごめんね、是光。ぼくの頼みごとのせいで、きみを傷つけてしまったね」

おまえのせいじゃない、そう言いたかった。

葵に対して怒ったのだって、純粋にヒカルのためだけではない。自身のトラウマを、葵にぶつけただけだったのかもしれないのだから。
けど、ヒカルの声があんまり静かで、ひりひりした胸に、あたたかな手でそっとふれられたみたいで、心が弱くなって、つい言ってしまった。
「っ、ごめんって、言うな」
「でも」
「き、嫌いなんだよっ。ごめんって言葉。ごめんって言えば、なんか変わるのか？　どうにかなるのか？　っっ——どうにもなんないから、ごめんって言うんだろ……っ！
だから、ごめんって言うなぁっ」
ずっと、謝られるのが、苦手だった。
ごめんね、
ごめんね、
みっちゃん、
ごめんね、
是光の顔を見るたび目をうるませて、白い頬を涙で濡《ぬ》らしながら、ごめんね、ごめんね、と消え入りそうな声でつぶやいていた母。
もう、顔もぼやけて、よく覚えていない。
なのに、頬にこぼれ落ちる涙と、ごめんねという弱々しい声と、遠ざかる細い肩が、ときおり耳に、目に、よみがえり、心を切り裂いてゆく。

——ご、ごめんなさい、赤城くん。

——すみませんっ。

クラスメイトも、怯《おび》えた表情で同じ言葉を口にする。是光に謝る。

そうして、青ざめた顔で是光から離れてゆく。

謝ってほしいなんて、思ってない。

そんなんで、傷ついて、ひび割れた心は、修復できないのに。

だから、ごめんねなんて言葉、大嫌いだ！　ごめんって言葉で、すませるな！

聞き分けのない子供に戻ったみたいに、感情のセーブがきかない。両手で顔をおおったまま、唸るように泣き続ける是光の肩に、ヒカルが手を回す。

是光が指の隙間から見ると、その手は、是光の体にめりこんでしまっていた。それでも、そのまま優しく目を伏せて、是光のかたわらに寄《よ》り添《そ》っている。

幽霊《ゆうれい》に体温なんてないはずなのに、重なりあっている体が何故《なぜ》かあたたかくて——ヒカルのおだやかな表情を見ているだけで、心の波が凪《な》いできて——。

哀しいとき、誰かが隣にいてくれるのなんて、はじめてだった。

〝仮〟でも、友達が愚痴を聞いてくれたのなんて、はじめてだった。

「お……俺は、〝泣いてる女の子〟じゃねーぞ」

鼻水をすすりながら唸ると、

「うん、きみが、可憐《かれん》なひなげしじゃないってことは、よーくわかってるよ」

優しい声でつぶやいた。

「な、なんで……おまえに、気ぃ遣《つか》われなきゃならねーんだ。おまえのほうが、葵にひでーこと言われて、死んじゃってて、俺の百倍苦しいはずなのにさ……。俺のことなんか放っておいていいから、おまえ、泣けよ。そしたら、俺が慰《なぐさ》めるから。そんな静かな顔されると、俺のほうが泣けてくるんだよっ」

ヒカルはしゃくりあげる是光の肩に手を回したまま、大人びた静かな眼差しで答えた。

「ぼくは泣けないんだ……。ぼくには泣いたという記憶がない。泣きかたを知らない」

目を見張る是光に、ヒカルが優しく微笑む。

「ぼくの母はね、父の愛人だったんだ。体が弱くて、ぼくが四つのときに亡くなってしまった。その母が、いつも言ってた。ヒカル、あなたはどんなときでも笑っていなさい。そうしたら、みんながあなたを愛してくれる。もし、あなたに意地悪《いじわる》をする人がいても、愛情で胸をいっぱいにして、笑いかけなさいって――」

ふくよかな澄んだ声で、亡くなった母親の言葉を繰り返すヒカルの眼差しは、深く静かだった。

「きっと母は、自分が長く生きられないことを知っていて、ぼくが親戚の人や父の家族とうまくやってゆく方法を、教えてくれたのだと思う」

そっと目を閉じる。

長いまつげの下から、透明な雫はこぼれない。

「涙を流すのって、どんな気持ちなんだろう」

憧《あこが》れのにじむ口調で、ささやいた。


——笑っていなさい、ヒカル。

——愛情で胸をいっぱいにして。


四歳で母親が死んだあと、こいつはどんな風に過ごしてきたんだろう……誰の家で？

誰と一緒に？

もしかしたら、新しい家族になじめなくて、辛《つら》い思いをしたこともあったかもしれない。それでも、母の言葉を思い出して、笑っていたのだろうと、ヒカルの言葉から想像できた。

『笑っていなさい』

きっと、微笑みだけが、幼いヒカルが身を守る武器だったから——。

ヒカルが一人で生きてきた年月を思うと、是光は無性《むしょう》に泣けてきた。泣いてはいけないと喉と目に力を込めても、泣けてきた。


幼い日、是光は笑いかたを忘れた。

ヒカルは、泣きかたを教えてもらえなかった。


「是光、きみは見かけによらず涙もろいんだね。残念だな。もしぼくが、きみみたいにぼろぼろ泣いたら、女の子は母性本能を刺激されまくりで、たっぷり慰めてくれたろうにね。きっと、ものすごいサービスをしてくれたはずだよ」

ヒカルが目を開け、暢気《のんき》に言う。口元に親しげな笑みがにじんでいる。

それは、是光を元気づけるためにわざと茶化しているのだとわかったので、

「このどすけべ」

ぶっきらぼうに返して、腕で顔を、ごしごしこすった。

空き教室の前の廊下は人通りもなく淋《さび》しく、秘密の空間のようで、ひんやりした空気が火照った顔に心地いい。

涙は止まっていたけれど、もう少しだけヒカルと肩を並べていたくて、ヒカルに対して芽生《めば》えはじめた、共感のような、信頼のような、うまく説明のできない曖昧《あいまい》な感情を

伝えたくて、膝を抱えて体育座りしたまま、ぶっきらぼうに言った。

「……お、おい。前に、花なんてすぐ萎《しお》れるし、食えねぇし……役に立たねぇ……って、言ったろ」

「うん。野草狩りに行こうって約束したよね」

「んな約束はしてねー」

「はは、だったっけ」

「で、だな……入院してたとき、小晴《こはる》が花を持ってきたんだ」

「へぇ」

「枝に咲いてる白い花で……つぼみにぽわぽわ毛が生えててな。病院に白い花とか縁起《えんぎ》悪くねーかと思ったんだが、なんかベッドで顔を横に向けたとき、その花が目に入ると、心が落ち着いて……新学期から一人だけ出遅れた焦りとか、すっとおさまってく感じで……じたばたしても仕方ねーかって、思えたってゆーか……」

ヒカルが唇をほころばせ、目を細める。

ひどく嬉しそうに、内側から輝くような表情で、

「うん、花にはそういう力があるね。ただそこにあるだけで、幸福な気持ちにさせてくれる」

「ま、まぁ……そういう場合も、あるかもな。だから……花の話も、ほどほどになら、

してもいいぞ」

つっかえながらどうにか言い切ると、ヒカルはますますまばゆい笑顔を浮かべた。

「ありがとう」

「ほどほど、だからなっ」

「わかってる。きみにウザがられない程度にしておくよ。ところで、入院したのって、トラックにぶつかったからだったよね？　どうして、そんなことになったのか、今訊いたら、答えてくれる？」

「う」

是光は声を詰まらせた。

ヒカルはいたずらっ子のような目で、是光が話すのを待っている。幽霊として対面したときから、是光との心の距離《きょり》がどれほど近づいたかを、ヒカルもまた測ろうとしているようだった。

観念《かんねん》して口を開く。

「……どっかのじいさんが、赤信号でふらふら交差点を渡ろうとしてて……止まれって叫んでんのに、俺の顔見て『なまはげ～』とか言って、車のほうへ走り出しやがった。で、追っかけたら、トラックが突っ込んできたんだっ」

見物人だか運転手だかが、危ない！　と叫ぶ声が耳をかすったときには、是光は宙に吹っ飛んでいた。

目を覚ますと病院で、老人の姿はなく、小晴が寝台の脇に仁王立《におうだ》ちしていたのだった。

「是光は、おじいさんを助けたんだね。ヒーローだ」

「ち、ちげー！　こっぱずかしいこと言うな」

是光は、ばたばたと両手を振った。

顔が怖いと逃げられて、あげくに自分がトラックにはねられるなんて、情けなさすぎだろう。ヒーローだなんて、とんでもない。

ヒカルがくすくす笑いながら、

「いいじゃないか、ヒーロー。顔が真っ赤だよ、ヒーロー。涙もろい上にシャイなんだね、ヒーロー」

「よせ、よせってば。っっっ、帰るぞっ」

恥ずかしがってわめいても、ますますおもしろがられて、いじり倒されるだけだと気づいて、是光はしかめっ面で立ち上がった。

さっさと背中を向けて歩き出す。ヒカルは後ろでまだ笑っていたけれど、ふいに――真面目な、優しい声で言った。

「ねえ、ヒーロー、寄りたいところがあるんだけど、つきあってくれるかな。とってもきの可愛《かわい》い花を見せてあげる」

四章

人は死んだら、どこへ行くのか

ヒカルの案内で辿《たど》り着《つ》いたのは、学園から徒歩で二十分ほどのところにある上品なマンションだった。

ヒカルの父親の持ち物で、ヒカルはこのマンションの一室で一人暮らしをしていたという。

出入り口はオートロックで、管理人は年配の男性だった。

「俺、ヒカルの友達です。部屋の中に入れてもらえますか。ヒカルに貸してたものがあって」

管理人が、是光《これみつ》のばさばさの赤い髪《かみ》や着崩《きくず》した制服や、ガンをつけているような目つきを、じろりと見る。

「ダメだよ。部外者を勝手に入れるわけにいかんよ。それに、あんたが本当にヒカルぼっちゃんの友達かどうか、わからんからね」

案《あん》の定《じょう》、断られてしまう。

(おいおい、どうすんだよ)

口をへの字に曲げ、対策を検討《けんとう》していると、ヒカルが隣《となり》でささやいた。

「今度来るときは、大盛堂《たいせいどう》の限定栗蒸《くりむ》し羊羹《ようかん》を持ってくるって言ってみて」

なんじゃそりゃ？　と思いながら、

「今度、大盛堂の限定栗蒸し羊羹を、土産《みやげ》に持ってきますから、お願いします」

と頭を下げる。

ちらりと視線を上げると、管理人は目を大きく見開き、ぶるぶる震えていた。

なんだ！　心臓発作《しんぞうほっさ》でも起こしたのか！

焦《あせ》る是光の前で、いきなり涙ぐむ。

「よ、羊羹のことは、どちらで？」

「いや、ヒカルから聞いて」

するとますます目を涙でいっぱいにして、

「そうですか……。ヒカルぼっちゃんが別荘にお出かけになった朝、『帰ったら、大盛堂の限定栗蒸し羊羹を差し入れるよ』とおっしゃったんですよ。ちょうど前の日にニュースで紹介されていて『美味《おい》しそうだったから一緒に食べよう、前園《まえぞの》さん』とおっしゃられて……ヒカルぼっちゃんは、お小さい頃から周りに気を遣《つか》うかたで……」

と、声を詰まらせたあと、

「ヒカルぼっちゃんにも、男の子のお友達がいたんですねぇ。よかった、ヒカルぼっちゃんは同性のお友達を欲しがっていましたから」

嬉《うれ》しそうに言い、鼻をすんとすすり、オートロックを解除し、最上階にあるヒカルの部屋まで案内してくれた。

「部屋は、ヒカルぼっちゃんが生きてらしたときのままです。帰りにまた声をかけてください」

そう言って、管理人室に戻っていった。

「前園さんは、父さんの運転手だったんだよ。子供の頃から、たくさんお世話《せわ》になった人なんだ。ぼくが一人暮らしをはじめてからも、本当のおじいさんみたいに声をかけてくれて、ぼくの帰りが遅いと心配してくれたりさ」

ヒカルが、懐《なつ》かしそうな明るい声でつぶやく。

「いつから、ここに住んでたんだ」

「中一から」

さらりと言われて、

(中一なんて、まだほんのガキじゃないか)

と、軽くショックを受けた。

フローリングの部屋は、カーペットもなくむき出しで、えらく広々としている。

家具がほとんどなく、テレビもない。ソファーがひとつと、一人暮らしには不釣り合《ふつあ》いなサイズのダイニングテーブルがひとつと椅子《いす》が四つ、ぽつんと置いてある。テーブルはまるで使用感がなく、部屋から浮き上がっていて、全体を見渡しても人が生活している雰囲気《ふんいき》が乏《とぼ》しい。

管理人は、部屋はヒカルが生きていたときのままだと言っていた。この寒々とした部屋で、ヒカルは一人で寝起きしていたのか。

「一人暮らしをしたいって言ったのは、ぼくのほうだよ。そのほうが気楽だからね」

シャツにズボンに裸足《はだし》という格好で（それが、ヒカルが家にいるときのスタイルなのだろう）床をひたひた歩きながら、朗《ほが》らかに語り続けるヒカルを見て、やっぱり寒々とした気持ちになった。

是光が、むすっとしていたからだろうか。

ヒカルがにっこり笑って、

「父さんは大金持ちだからお金には困らなかったし、自由で怠惰《たいだ》な生活を満喫《まんきつ》していたよ。女の子と外泊するとき、家にいちいち連絡入れなくてもいいし。女の子の部屋に何日泊まっても説教《せっきょう》する人もいないし、女の子に呼び出されたとき、真夜中でも外出できるし」

と、爽《さわ》やかに言う。

「って、中学生の頃から、タラシだったのかよ！」

と、あきれながら、

――淋《さび》しがりで一人じゃ眠れないから。

そんな言葉を思い出し、やっぱり胸がしめつけられた。

――ぬくもりがあると安心して……。

（こいつが、大勢の女とつきあうのは、淋しいからだったのかな……）

家具のない広すぎる部屋で、膝《ひざ》を抱えている中学生のヒカルの姿を思い浮かべ、自然と真顔になる。

親がいないという淋しさを、是光も知っている。

ヒカルと一緒に過ごしていて、わかったことがある。

（こいつの笑顔は信用できない）

きっと、血を吐きそうなほど辛《つら》くて、体に穴が開いたみたいに淋しくても、こいつは笑う。

それが、もどかしくて。

ヒカルがふんわりと目を細め、おだやかに微笑《ほほえ》む。

「クローゼットの中にアルバムがあるはずだよ。それを是光に見せたかったんだ」

「なんだ、とっておきの花ってのは、写真のことかよ」

「金髪《きんぱつ》メイドさんとかが、お出迎えしてくれるほうがよかった？」

「バカ、女は嫌いだって言ったろ」

「じゃあ、ぼくがメイドさんの格好《かっこう》をして『お帰りなさいませ、ご主人様』って言ってあげようか」

「やめろ、キモい」

似合《にあ》うと思うけどなーとつぶやくヒカルの声を聞きながら、壁《かべ》にはめこまれた扉を開け、奥に重ねて置いてあった数冊のアルバムを引っ張り出す。

フローリングにあぐらをかいてめくると、赤ん坊の写真が、たくさん貼《は》ってあった。

ヒカルの写真だろうか。

生まれたときから目つきが悪く悪人顔の赤ん坊だった是光とは対照的に、赤ん坊のヒカルは、まさに天使だった。

目をなごませ、にっこりしてみたり、哺乳《ほにゅうびん》瓶を口にくわえて、つぶらな瞳《ひとみ》でじっとこちらを見ていたり、もみじのような小さな手を伸ばして、にこにこしていたり、犬のぬいぐるみと一緒にお昼寝していたり。

そのまま赤ん坊雑誌の表紙を飾《かざ》れそうな愛くるしい写真が、めくってもめくってもめくってもまだまだ続く。

「……おいおい、まさか、可愛い花って自分のことか？　乳児期の写真を、俺に見せたかったのか？」

そらまぁ、女みたいなくりくりした目をしてるが。

もともと是光は、可愛《かわい》いものに対して興味《きょうみ》も関心もない。いくら希《まれ》に見る美赤子とはいえ、こんなに何枚も、同じ赤ん坊の写真ばかり見せられたら、うんざりしてしまう。

「もっと先だよ」

是光の隣に膝をつき、横から一緒にアルバムをのぞきこんでいたヒカルが言う。

「って、ずっと乳児の写真ばっかじゃねーか。と――」

一枚の写真を見て、ページをめくる手が止まった。

映っているのは、やっぱり赤ん坊のヒカルなのだが、これまでヒカル以外の人間はまともに登場しなかったのが、その写真だけは、ヒカルを抱く女性の姿をしっかりととらえている。

椅子に座り、正面を向いてふんわりと微笑む若い女性は、ヒカルにそっくりだ。

（けど、この顔……）

「なぁ、これおまえの母さんか？　おまえの葬儀《そうぎ》のとき、この人にそっくりな人を見たけど、あの人もおまえの親戚《しんせき》か？」

ヒカルの葬式のとき、泣きながら微笑んでいた黒い着物の女性。

あの微笑みが、頭の隅《すみ》にひっかかっていた。

あの女性は誰《だれ》なのだろう。何故《なぜ》葬儀の場で、あんな風に安らかに笑ったのだろうと。

「あの人は……」

ヒカルの声が、急に詰まる。

怪訝《けげん》に思い見上げると、暗い表情で目を伏せていた。

(聞いたらマズかったのかな？)

きつく唇《くちびる》を結んでいるヒカルは、考えに沈んでいるようで、ひりひりするような危うさがあった。

どう声をかけようか迷っていると、また急に視線を上げ、にっこり笑った。

今見せた張りつめた表情が錯覚《さっかく》だったような、晴れやかな透明な笑顔だった。

「うん、そうだよ。母方の親戚の人」

「そっか、似てるはずだな」

是光も、明るい声で応じる。そうしなければいけないような気がして。

あの女性のことは、訊《き》いてはいけない気がして。

「ぼくが見せたかったのは、もっと先。めくって、是光」

「お、おう」

次のページをめくる。

すると、ようやく赤ん坊の写真ではなく、二、三歳くらいの成長したヒカルが現れ、さらにめくると、また少し成長した五、六歳くらいのヒカルが、同じ年頃の女の子と一緒に写っていた。

女の子は二人いて、一人はヒカルやもう一人の女の子より少しだけ背の高い、艶《あで》やかなストレートの黒髪をした賢《かしこ》そうな子で、もう一人もやっぱり、さらさらの綺麗《きれい》な黒髪に白いリボンを結んだ、半べその女の子だった。

他にも、三人でいたり、それぞれの女の子とのツーショットだったりする写真が、いっぱいある。

三人の中で一番背の高い女の子は、たいてい理性的なすまし顔で、三人の中で一番小さな、リボンを結んだ女の子は、写真ごとに表情が違う。

頬《ほお》をぷうっとふくらませていたり、真っ赤な顔で目を見開いていたり、こぼれそうな大きな目に涙をにじませて上目遣《うわめづか》いですねていたり、恥ずかしそうにもじもじしていたり、嬉《うれ》しそうににっこりしていたり——。

「ひょっとして、こっちのリボンって、葵《あおい》か？」

ヒカルが、やわらかな声で答える。

「うん。もう一人は朝《あさ》ちゃん」

写真を見つめる眼差《まなざ》しも、ひどく優しい。

「朝ちゃんって、俺と口きくなって葵に吹き込んだやつだな！　こいつが、朝ちゃんかよ」

是光は、賢そうな顔立ちをした少女を、思いきり睨《にら》みつけてしまった。

「朝ちゃんは、朝衣《あさい》って名前で、ぼくの父方の従姉《いとこ》で、葵さんの親友なんだ。葵さんと朝ちゃんが、ぼくよりひとつ学年が上で、ぼくらは幼なじみで、小さい頃はいつも三人で遊んでいたっけ」

一方、ヒカルの表情は、やはり晴れやかだ。

三人で並んでいるとき、いつも真ん中にいるのは冷静な顔をした朝衣で、その左に笑顔のヒカルが。右に恥ずかしそうに、もじもじしている葵が立っている。葵は横目でじっとヒカルを見ているようだった。そのくせ、ヒカルと二人きりの写真では、頬をふくらませて、そっぽを向いているのだった。

是光がヒカルのほうをちらりとうかがうと、頬がくっつきそうなくらい近くで、澄んだ眼差しを、過去の自分たちに向けていた。

そうして愛《いと》おしさのにじむ、ふくよかな声で、ささやく。

「葵さんは昔から不器用《ぶきよう》で……恥ずかしがりで……。遊びに来るときはいつも朝ちゃんと一緒だった。『朝ちゃんが、ヒカルの家に行きたいって言ったから、わたしも来たのよ』って真っ赤な顔で、頬をふくらませて言うんだ。甘いミルクセーキが大好きなのに、ぼくの前では砂糖抜きの珈琲《コーヒー》を、うんと我慢《がまん》して、しかめっ面で飲むような……そんな子なんだよ」

なんて甘い目をするんだろうな。

優しい声で、ささやくんだろうな。

今まで知らなかった、むずがゆい感覚を、是光は味わっていた。

一体なんなんだ、この甘ったるいけど嫌じゃない、あたたかいような、苦しいような気持ちは。

「葵さんの珈琲に、こっそり砂糖を入れたら、すごく驚《おどろ》いて目を丸くして。それから真っ赤な顔でぼくのこと睨んでた。あんまり可愛くて、ぼくはそのあとも、葵さんの目を盗んで珈琲に砂糖を入れるのをやめられなかったよ。葵さんは、ぼくに砂糖を入れられないように、必死にカップを睨んでたっけ」

幸せな、日常のエピソード。

とろけそうな、眼差し。

「葵さんは、驚いた顔がすごく可愛いんだ。そのあとの反応も、おかしくて、可愛くて。

だから、つい驚かせたくなっちゃうんだよ。年下のくせに年上の人間をからかうなんてヒカルは生意気《なまいき》です、不良ですって、葵さんは怒ってたけど」

声が少し低くなり、ひっそりと微笑む。

「葵さんとの婚約は、家同士が決めたことだったけど、ぼくは葵さんが、〝最愛〟になればいいと思っていた……」

あたたかいのに切ない瞳が、是光のすぐ横にある。

「……葵さんは……〝希望〟だったんだ」

それは、心に淋しく染みてゆくような、静かな声だった。

（希望……？　あいつが？）

ここへ来る前、是光は葵に腹を立てていた。

あんな頑固《がんこ》でわからず屋の女、とっとと忘れちまえと本気で思っていた。

けど、ヒカルにとって葵の存在は、是光が想像していたより、もっと深いものなのかもしれない……。目の前で、あんなにひどいことを言われても、大切に想う気持ちは揺るがないほどに……。

ヒカルが淋しげな顔になる。

「だからかな……。女の子を抱きしめるのなんて簡単だったのに。葵さんだけは、ずっと……ふれちゃいけないような気がしていた。嫌いよって、本心から言われるのが怖かったからかもしれない。葵さんは……大事な人だったから」

胸がズキッとした。

葵に感じていた怒りが薄れ、切なさが波のように襲《おそ》ってくる。

「おまえ、葵の他にも、たくさん女とつきあってたんだろ」

「うん」

「葵のために、そいつらと別れる気持ちはあったのか？」

是光の問いに、ヒカルは儚《はかな》げに目を伏せた。

「違うのか？」

「……あったよ、って答えるのはズルいし、違うと思う。純粋に葵さんのためだけというわけじゃないから……。でも、他の人たちときちんとお別れしなきゃ、葵さんとつきあっちゃいけないとは、思ってた。いろいろなことを断ち切って、新しくはじめなきゃいけないって……誕生日のプレゼントはそのきっかけのつもりだった。だから、別荘に行く前に手紙を出して……他の贈《おく》り物《もの》も手配して……」

掠《かす》れた声でつぶやき、途中《とちゅう》で口をつぐんだ。

伏せたまつげの下で、薄い茶色の瞳が、底の無い沼のように暗く染まっている。

ヒカルが大勢の女性たちと、どんなつきあいかたをしてきたのかを、是光は知らない。

なにを断ち切り、なにをはじめたいと願っていたのかも。

葵のために他の女と別れるというのも、考えてみれば勝手だ。

モテない男が聞いたら、ふざけるな百回くらい刺されろ、と思うかもしれない。別れを切り出された女も、首を絞めてやりたくなるだろう。

けど、こんな辛そうな――真っ暗な目を見てしまったら、是光には責められない。

ヒカルの体は、もうこの世にはない。

あんなに優しい甘い眼差しで語っていた大切な葵と結ばれることも、永遠にないのだから。

ヒカルはすっかり黙ってしまった。

「……」

是光はにわかに緊張《きんちょう》した。

（こ、これは、学校で慰《なぐさ》められた借りを返すチャンスだぜ。うう、しかし、こういうとき、なんて言って励《はげ》ませばいいんだ。頑張《がんば》れ、明日がある――って、こいつ、明日ねぇし、死んでるし）

こめかみをひくつかせながら、とりあえず肩を叩《たた》いてみる。

が、当然、是光の手はヒカルの肩をすり抜け、勢いあまった手で、そのまま自分の胸を、どすんっと叩いただけだった。

しかも力が入りまくっていたため、胸に少なくはない衝撃《しょうげき》が来て、後ろにひっくり返ってしまった。

「？　是光、なにやってるの」

いきなり自分の胸を叩いて仰向《あおむ》けに倒れた是光に、ヒカルが不思議《ふしぎ》そうに尋《たず》ねる。

「る、るせー。体操《たいそう》だ！」

「なんで今、体操？　それに、頭がごつんっていったけど」

「体操って言ったら、体操なんだ！　すっきりするから、おまえもやってみろ」

赤い顔で、手足をばたばたさせたとき。

いきなり、冷ややかな声が部屋の中に響《ひび》いた。


「他人の家で、寝転がって独り言を叫ぶヒトなの？　きみは」


驚いて体を起こす。

リビングのドアのところに立って、冷静な眼差しで是光を見おろしていたのは、背の高い、艶《つや》を帯びた長い黒髪の少女だった。


（こいつ、ひょっとして――）

端正《たんせい》な顔立ちや、賢そうな口元や切れ長の瞳に、子供の頃の面影《おもかげ》が残っている。

なにより、是光を見つめる目つきに侮蔑《ぶべつ》がこもっているのを見て、相手の正体を確信する。

「朝ちゃん」

是光の頭に浮かぶ名前を、ヒカルがつぶやく。

やっぱり、朝衣だ！

ヒカルの従姉で、葵の親友だという——。

「一年五組の赤城《あかぎ》是光くんね」

朝衣が、汚《けが》らわしい単語でも発音するように、是光の名前を口にする。

肩から下に流れ落ちるのは、葵に劣《おと》らぬ見事な黒髪だが、葵とはかもしだす雰囲気がまるで違う。幼げな葵に対し、朝衣は大人っぽく、全体に冷たく鋭い空気をまとっていた。

単純に、葵の身長が標準よりほんの少し低めなのに対し、朝衣は女子にしては長身ということもあったかもしれない。体型は葵と同様に細身だが、葵は華奢《きゃしゃ》で頼りなげに見えるのに比べ、朝衣は頭からつま先まで一本ぴしりと芯《しん》が通った強さを感じさせる。

その強さは、今、現在のこの状況では、決して好感を抱けるものではなく、偉《えら》そうで感じの悪い女としか、是光には思えなかったのだが。

そういえば、葬儀で葵が騒《さわ》いだとき、なだめて外へ連れ出したのはこの朝衣ではなかったか。

そんなことを思い出しながら、是光は立ち上がり、朝衣を睨んだ。

「おまえは、朝ちゃんだな」

「きみに、その呼びかたを許可した覚えはないわ」

朝衣が、身じろぎもせずに冷たく返す。

「仕方ねーだろ、名前、知らねーんだから」

「斎賀《さいが》朝衣よ」

「そうか、教えてくれてありがとよ。なんでここにいるんだ」

「わたしはヒカルの従姉よ。ヒカルの父親に、彼の遺品《いひん》の整理を頼まれて、鍵《かぎ》を預かっているのよ」

是光が不機嫌《ふきげん》そうにじろじろ眺《なが》め回《まわ》しても、朝衣は少しも怖がっていないようだった。

視線をそらさず言う。

「きみは、なにをしに来たの？　前園さんに鍵を開けさせるなんて驚いたわ。見た目は言語能力の低そうなチンピラなのに、口がうまいのね」

是光は頬を引きつらせた。

ヒカルが隣で、素早くささやく。

「朝ちゃんは、きみを怒らせようとしてるんだよ。朝ちゃんのペースに引き込まれないで」

吐き出しかけた言葉を、ぐっと飲み込む。

「俺は、ヒカルに貸してた本があって」

「なんの本？」

「プルーストの『花咲く乙女《おとめ》たちのかげに』」

「ぷ、プルーストの『花咲く乙女たちのかげに』だ」

ヒカルに言われたまま答えると、朝衣の眉《まゆ》がかすかに上がった。

「最近、『失われた時を求めて』を読みはじめて、第一篇の『スワン家のほうへ』を読破《どくは》したばかりなんだ。『花咲く乙女たちのかげに』は二篇目だよ」

「『失われた時を求めて』の『スワン家のほうへ』を読んで、プルーストにハマったって言ってたから、そいつの続きなら俺が持ってるぜって」

朝衣の眉が、また苛立《いらだ》たしげに動く。

それを見て、ちょっと胸がすっとしたところ、

「じゃあ、きみは『花咲く乙女たちのかげに』を読んだのね。どんな内容だった？」

と尋ねてきた。

（って、おい、どんな話だよ、ヒカル）

目で合図するが、ヒカルは困ったように、

「ごめん、ぼくもまだ読んでない。デートの予約をこなすので忙《いそが》しくて、積んだままで。でもほら、女の子が好きそうな綺麗なタイトルだよね。きっと八割五分の確率で、ロマンチックなラブストーリーだよ」

（アホー！　違ってたらどうすんだ！　てか、読んでねー本のタイトル教えるなー）

ヒカルのほうを向いて百面相《ひゃくめんそう》をする是光に、朝衣が、

「どうしたの？　答えられないの？」

と、追撃《ついげき》をかけてくる。

「家族の本で、俺の本じゃねーから、知らね」

つっかえながら、切り抜ける。

「家族って、どなた？」

「そんなの、てめぇに関係ねーだろっ」

「是光、冷静に。朝ちゃんは、きみの返答じゃなくて、きみが動揺《どうよう》してないかどうかを見ているから」

ヒカルが忠告するが、誰もいない空間に向かってしかめっ面をしたり、声を震《ふる》わせたりする是光に、朝衣はすでに不審者《ふしんしゃ》の判断を下したらしい。

「関係ないのは、きみのほうじゃないの？　赤城くん」

犯罪者を糾弾《きゅうだん》する検事《けんじ》の口調で言った。

「どういう意味だよ」

「きみが葵に話したことは、全部聞いたわ。きみがヒカルの友達だなんて、信じられない。ヒカルには男友達は一人もいなかった。学校で——という意味ではなくて、外でもずっと」

「俺が、友達一号だ」

「そうやって、葵をペテンにかけようとしたのね。ヒカルから誕生日プレゼントを預かっているだなんてくだらない嘘《うそ》をついて。ヒカルが亡くなってから、慰めるふりして葵に言い寄ってきた男は、きみで四人目よ。そのせいで葵は男嫌いに拍車《はくしゃ》がかかってる。なかでも一番、きみの作戦は愚劣《ぐれつ》だわ」

「作戦なんかじゃねーし、ペテンにもかけてねぇ！　俺はヒカルに頼まれて、葵にヒカルの気持ちを伝えようとしてるだけだ」

「ヒカルの気持ち……？」

朝衣の目が、すーっと細くなる。ひんやりした眼差しが、よく切れる刃物のようだった。

背筋が、ぞくっとする。

朝衣は静かに怒っているようだった。これまでよりさらに、ひややかな低い声で言う。

「それはわたしが聞くわ。それで、わたしが葵に伝えてもいいと判断したら、わたしの口から伝える。誕生日のプレゼントも同じよ。葵に渡したければ、わたしを通してちょうだい」

「んなの意味ねーだろ！　俺は、葵に伝えるようヒカルに頼まれたんだ。おまえにじゃねー。だから、絶対に葵にしか教えねーし、プレゼントも葵に直接渡す！」

朝衣を睨みすえ、断言する。

朝衣が鋭く言う。

「ならば、それがヒカルからのものだという、確かな証拠《しょうこ》はあるの？」

是光は声を詰まらせた。

――あなたが登校したのは、ゴールデンウイークの前の日だって、朝ちゃんが言ってました！　たった一日しか学校にいなかったあなたが、ヒカルの友達のはずがないって。

「きみが登校した日は、例の新入生が松葉杖に包帯《ほうたい》で現れたって騒ぎになっていたからよく覚えているわ。何故、知り合ったその日に、きみのように評判の悪い生徒に、ヒカルは葵への伝言を託《たく》したりしたのかしら？」

評判が悪いは余計だっ、と心の中でつぶやく。が、反論できない。

普通に考えたら、是光がヒカルの生前に、葵への誕生日プレゼントを預かっているなど、ありえないことだから。

「それに、ヒカルの気持ちって一体なんなのかしら？　ヒカルが葵を愛していたとでも言うつもり？　ヒカルの女好きは病気よ。潔癖《けっぺき》な葵とは水と油で、ヒカルはいつも葵を怒らせていたわ」

それも事実なので、ますます言葉が喉《のど》で絡《から》まる。

ヒカルも、困ったように顔をしかめている。

（くそっ、負けるか！）

「ああ、ヒカルはタラシだ！　ハーレム大王だ！　それでもヒカルは葵が好きだったんだ！　ヒカルの気持ちはマジだから、俺はそれを葵に伝えるんだ！」

顎《あご》を突き出し必死に叫ぶ是光に、朝衣が、フッ、と乾いた笑みを漏《も》らした。

「なにがおかしい！」

「やっぱり——きみがヒカルの友達だなんて信じられないわ。だって、きみとヒカルはなにもかも違う。ヒカルは軽く見えるけど、とても深い——底になにを抱えているのか、決して見せない複雑な人間だった。なのにきみときたら、ガサツで単純で人相が悪くて、言葉が汚くて、とても頭が悪そうなんですもの。そんなきみをメッセンジャーに選んだのだとしたら、ヒカルはわたしが思っていたより、ずいぶん愚《おろ》かだったのね」

「なんだと！」

朝衣が、ぴしゃりと断言する。

「きみに、ヒカルの気持ちは語れない」

険《けわ》しい声だった。

笑みはすっかり消《き》え失《う》せ、心臓の中心をまっすぐに貫くような冷ややかな眼差しで、是光を見すえている。

きみごときにヒカルのなにがわかるの、と言われているようだった。

苛立ちが胸に込み上げる。

頭が、耳が、キーンと音がするほど熱くなる。朝衣の視線を跳《は》ね返《かえ》す勢いで、是光は叫んだ。

「俺はヒカルの友達だっ！　ヒカルが生きてる間に会ったのが一日のうちの、たった数分だって、俺たちは出会って！　友達になったんだ！」

はじめは〝仮〟だった。

取《と》り憑《つ》かれて、おかしな頼みごとをされて、うっとうしいと思っていた。

トイレや風呂《ふろ》にまでついてこられて、ふざけたことばかりほざいて、さっさと成仏《じょうぶつ》して消えてほしいと思ってた。

すけべで、女好きで、花フェチで、自分とは別世界のお気楽なリア充《じゅう》野郎だって。

一生、わかりあえないって！

嘘で友達と口にするたび、胃がむずむずした。

けどっ、葵への想いが真剣なものであることを知って、ちょっと見直した。

その想いが伝わればいいと思った。

それから、是光がトラウマをほじくり返されてボロボロ泣いているとき、静かに隣にいてくれた。

理不尽《りふじん》な文句も、優しく受け入れてくれた。わざと軽薄《けいはく》なことを言って、励ましてくれた。

痛みや淋しさを隠すために、ヒカルが笑ってみせることも、もう知っている。

だから——今は！

「ヒカルは俺の、本当の友達だ！　神様だろうと大統領だろうと、そいつは絶対否定させねぇ！　世界中の人間に、胸張って言ってやる！　ヒカルは俺の大事な友達だ！」

隣で、ヒカルが目を見開いている。

朝衣は唇を結んだまま、冷たく是光を見据《みす》えている。切れ長の瞳の奥に苛立ちが青白い炎のように広がってゆく。

「俺が、あいつの気持ちを絶対、葵に伝えてみせる！」

確かな意志をこめて、断言する。

朝衣が静かに言った。

「きみ、包丁《ほうちょう》で口をそぎ落としたくなるほど不愉快《ふゆかい》だわ」

「奇遇《きぐう》だな。俺も、あんたの目と口に、七味唐辛子《しちみとうがらし》を瓶ごと突っ込んでやりたいくらいムカツイてる。けど、もう言いたいことは言ったし、あんたに用はねぇから帰るぜ」

玄関《げんかん》に向かって歩き出す。

朝衣は、黙っている。

どんな顔をしているのか背中を向けているのでわからないが、睨まれているのを感じる。

背中を向けたまま、言ってやった。

「プルートの『鼻開く女どものかげに』――見つかったら、返してくれよ。じいさんの蔵書《ぞうしょ》なんだ」

マンションの外へ出るなり、ヒカルが口を開いた。

「是光……ものすごく言い出しにくいんだけど、プルートじゃなくて、プルーストだよ。それに『花開く女どものかげに』じゃなくて、『花咲く乙女たちのかげに』だよ。てゆーか、〝花〟が顔の〝鼻〟に聞こえたりしたんだけど……」

「げ！　間違えた！　せっかく渋《しぶ》く決めたのに、くそぉぉぉ！　みっともねぇ！」

空は夜の色に染まりはじめている。

公園や、図書館が立ち並ぶ静かな住宅地を、外灯の明かりに照らされて歩きながら、是光は頭を抱えて唸《うな》った。

「おまえに冷静にって言われたのに、カッとなって怒鳴《どな》っちまったしなー。俺、気が短すぎだな」

「うん」

（あっさり、肯定するなよ）

と、心の中でつぶやく。

「でも、嬉しかった。朝ちゃんに、ぼくのこと本当の友達だって言ってくれて」

横目でヒカルを見ると、ヒカルも是光のほうを向いて笑っていた。外灯の白い光があたって、髪も目も唇も、きらきら輝いている。

あんまり嬉しそうで、幸せそうで、ただでさえ美少年なのに、全開のまぶしさにうろたえる。

「ああれはそのっ、あの女がムカツクことばっか言うから。つい……」

「嘘だったの？」

「い、いやっ、本気で……思ったこと、言ってやっただけだが……」

ヒカルが、ますます嬉しそうに笑う。

ああ、その顔はよせ。耳から湯気《ゆげ》が出そうだ。

「なんだか、ぼくも叫びたい気分だよ。いいよね。ぼくの声は他の人たちには聞こえないんだから」

「って、おい――」

是光が止める間もなく、ヒカルが隣で声を張り上げた。

「赤城是光は、ぼくの友達だぁぁぁぁっ！　ぼくらは、友達だぁぁぁぁぁ！」

「お、おまえ、よせよ、恥ずかしいじゃねぇか」

「友達だぁぁぁ！　ぼくと是光は、友達だぁぁぁぁぁぁ！」

「よせっ、よせってば」

顔と頭が沸騰《ふっとう》する。どうにかしてくれ、この酔っぱらい。

「友達だぁぁぁぁ！　本当の友達だぁぁぁぁぁ！」

「ああ、そうだ、仮じゃない、マジ友だ。もう気が済んだろ。やめろぉ。てか、頼む、やめてくれ」

周りに聞こえないとわかっていても、恥ずかしさで死にそうになる。

ヒカルは思いきり叫ぶのが、気持ちよかったらしく、「友達だぁ！　マジ友だぁ！」

と叫んだあと、今度は、

「ぼくは葵さんが、大好きだぁぁぁぁぁっ！」

と、晴れやかな顔で叫んだ。


「もう浮気はしませ〜〜〜〜ん！」

「葵さん一人を、大事にします〜〜〜〜！」


道路の真ん中で、夜空に向かって、朗《ほが》らかな声で、輝く眼差しで、甘い声を張り上げる。

あんまり嬉しそうで、楽しそうだったので、是光もいつの間にか引き込まれて、

「おう！　俺が証人だぜ！」

と、右腕を明るく突き上げた。

「俺も、斎賀朝衣になんか負けねーからな。おまえの気持ちは俺がしっかり葵に届けてやる」

「うん、それで、葵さんに誕生日プレゼントを全部渡し終えたら、ナンパしよう」

「おい、葵一人を大事にするんじゃなかったのか。早速浮気かよ」

「ぼくじゃなくて、是光にぴったりの女の子を捜すんだよ。でね、決めた！　ぼくはきみに、笑い上戸《じょうご》の彼女を見つけてあげる！」

瞳が甘くきらめいている。声もはずむようだ。

「笑い上戸の女って、ウザくねーか」

「是光には、それくらいの子のほうがいいんだよ。きっと是光の分まで笑ってくれるよ。その子と一緒にいるだけで、是光もうきうきして楽しくなって、つられてつい笑っちゃうよ」

「想像できんな」

「ぼくには、是光の愉快そうな笑い声まで聞こえる」

「それは幻聴《げんちょう》だ」

周りは、とても静かだった。

地面に長く伸びる影はひとつきりで、それでも、星がまたたきはじめた薄墨色《うすずみいろ》の空の下、友達同士肩を並べ、愉快に語り合いながら家路《いえじ》へ向かう。

「ねぇ、是光、人は死んだらどこへ行くか知ってる？」

ヒカルが明るい声で尋ねた。

「知らねーよ、死んだことねーし」

「ぼくはね、宇宙へ行くんだと思うよ」

「宇宙」

「そう」

ヒカルがすーっと顔を上に向ける。

是光もつられて、同じように空を仰いだ。

ぼんやりと明るい薄墨色の空に、小さな星が、ぽつり、ぽつりと、点在している。

淡く弱い、けど、たしかに輝く光。

都会の夜空だ。

「ほら、死んだら星になるって言うだろう？　肉体を離れた魂《たましい》は、地球を離れて宇宙へ飛んでゆくんだよ。そうして、精神だけの存在になって無限の空間を自由に漂《ただよ》うんだ。ぼくらが見ている星も、死んだ人の魂なのかもしれない」

ヒカルの声は、月の光のように静かで澄んでいた。

見上げる瞳もひそやかで優しい。

是光は、泣きたいような気持ちになった。

「ぼくも、いつか宇宙へ行く」

ヒカルの言葉に、胸が擦《こす》れる。

「そしたらきみは、涙をぼろぼろこぼして泣いてしまうんだろうね」

「な、泣かねーよっ、あほう」

目をむき頬を熱くして否定すると、ヒカルは明るい眼差しで是光を見つめて、

「うん、そのほうがいいや。ぼくは、笑いながら見送ってほしい」

澄んだ声で言った。

「約束だよ、是光。ぼくが宇宙へ旅立つとき、きみは最高の笑顔で、さよならを言うって」

是光は心がシンと冷たくなる心地がした。

いつか、ヒカルは宇宙へ行ってしまう。

心残りをはたしたら、そのときは——。

（バカ……今から淋しくさせるなよ、空気読め、せっかく友達になったのに）

心の中でつぶやいたが、口にはせず、ムッとした顔で言ってやる。

「おまえは、なんでもかんでも約束しすぎだ。その調子で、他の女とも約束しまくってただろ」

「なんでもってわけじゃない。ぼくは大切な約束しかしないよ」

「ナンパするのも、大切な約束か！」

「もちろん、それは、とってもとっても大切な約束だよ」

「俺は、つきあうって言ってねーから！」

「じゃあ、予約」

「予約もなしだ」

「ケチ。友達だろ」

「友達でも、ダメだ」

「厳《きび》しいなぁ」

ヒカルが肩をすくめる。

「そういやおまえ、はじめて会ったとき言ってた、俺に〝頼みたいこと〟って、なんだったんだ」

「ああ、あれは……」

ヒカルはちょっと遠い目をしたあと、微笑んだ。

「もういいんだ」

「おい、なに薄笑い浮かべてんだ。気になるだろ、言えよ」

「是光が、ナンパにつきあってくれたらね」

「なんだ、そりゃ！」

「さぁ、どうする？」

「くぅぅぅ、汚ねーぞ。てか、おまえ、死んでんのに、どうナンパすんだ！」

いつの間にか、学校へ続く土手道《どてみち》まで来ていた。

そよそよと風に揺れる草が、月の光を吸い込んで、淡く光っている。

川の流れはおだやかで、空気は甘くしっとりしていて。

晴れやかな夜を、どこまでも、どこまでも、二人で歩きながら、ずっと軽口を叩きあっていた。

十年来の親友のように――。

五章

彼女の嘘《ウソ》と本当《ホントウ》

「いいか。葵《あおい》の誕生日まで残り三日だからな。明日は土曜だし、勝負は実質今日一日だ。気合い入れていこうぜ」

「うん、是光《これみつ》」

翌朝金曜日。是光は前向きな気持ちで家を出た。電車を降り、学校へ向かう土手道《どてみち》を歩きながらヒカルが、

「もしかしたら、朝《あさ》ちゃんがなにか仕掛けてくるかも」

少し、心配そうに言う。

「腹ん中真っ黒って感じだったもんな。俺のこと睨《にら》みつけた目とか、えらい迫力あったし。あいつこそ、裏でヤンキーとか牛耳《ぎゅうじ》って、やばいことしてんじゃねーの」

「そ、それはその……否定できない、けど」

「マジ！　あいつ、裏番！」

「そこまでは……うーん……」

ヒカルが言葉を濁《にご》す。

「けど、朝ちゃんは、強くて賢《かしこ》い人だよ。一人っ子だから、葵さんのことを本当の妹みたいに大事にしていて、ヒカルは葵に不誠実すぎるっていつも叱《しか》られた。面倒見《めんどうみ》のいい、優しいところもあるんだよ」

「おまえ、ほんっっとに女に甘いよなー。って——まさか、おまえ！　あのクソ生意気《なまいき》な女ともつきあってたんじゃ」

ぎょっとする是光に、ヒカルはまた淡く微笑んだ。

「ううん。朝ちゃんは、世界中の男がぼく一人になっても、ぼくとは絶対につきあわないよ。世界が終わりの日を迎えても、ぼくと朝ちゃんだけは決してふれあわない」

妙に確信のこもる口調で言ったとき。

「赤城《あかぎ》ぃぃぃぃぃぃぃぃ！」

後ろから帆夏《ほのか》が、スカートの裾《すそ》と髪《かみ》を乱して走ってきた。

目を丸くし眉根《まゆね》を寄せて、怒っているような弱っているような顔で、是光の腕にいきなりしがみつく。

「な、どうした、式部《しきぶ》！」

「よかった、無事だったんだねっ」

「はぁ？　なに言ってんだ」

「携帯《けいたい》、十回くらいかけたのに出ないから、心配で」

「携帯？」

鞄《かばん》から携帯電話を出して確認する。帆夏からの着信が、メールを含めて十件以上ある。

こんなにぞろぞろ着歴《ちゃくれき》が並んでいるのを見るのは、はじめてだ。

「うおっ、電源、切ってた」

「なにそれ！」

帆夏が眉をつり上げる。

「いや、普段、着信なんてねーし」

「携帯持ってる意味ないじゃない！　あたしが、どんな思いで電話かけまくったか——ううう」

「なにかあったのか？」

頬《ほお》を引きしめ尋《たず》ねると、帆夏は口をへの字に曲げ、上目遣《うわめづか》いになった。

「昨日の放課後、朝の宮に、あんたのこと訊《き》かれたの」

「朝の宮？」

「斎賀《さいが》会長のことだよ」

「斎賀って、ああ、〝朝ちゃん〟か。あいつ、会長なのか」

「あ、朝ちゃん！　会長を、朝ちゃん――――！」

帆夏がまた目をむき、口をぱくぱくさせる。

「なに驚《おどろ》いてんだ？」

わけがわからずヒカルのほうを見る。ヒカルが気の毒そうに肩をすくめる。そのリアクションもよくわからない。

と、いきなり帆夏が是光のシャツの衿《えり》をつかんで、顔を引き寄せた。

頬をふくらませて、是光を睨み上げる。

「あんたって、ほんとに、なんんんんにも、わかってないんだねっ。二年の朝の宮こと斎賀朝衣《あさい》っていったら、高等部の生徒会長に決まってるでしょ。それだけじゃなくて、初等部でも中等部でも、生徒会長だったんだよ！　うちの学園でトップクラスの〝貴族〟で権力者で、先生だって斎賀会長には逆らえないって言われてるんだから」

朝衣に逆らった執行部の役員が急に転校したことや、朝衣のやりかたに口を出した教師が学期半ばにして辞任《じにん》したことを、帆夏は怒りのこもる口調でまくしたてる。

「葵の上は斎賀会長の親友――っていうか、会長が葵の上の保護者《ほごしゃ》みたいな感じで、葵の上に言い寄る男は会長に粛正《しゅくせい》されるって噂《うわさ》があるんだよ。会長、あんたのことあれこれ訊いてて、そんときの目がなんか冷たいっていうか、表情はおだやかなんだけど、背筋がぞくっとする感じで……きっと葵の上にアタックしまくってたから、斎賀会長に目をつけられちゃったんだよ。いくら電話しても出ないし、てっきりもう――」

是光の目のすぐ下にある帆夏の目も眉も、勝ち気につり上がっているけれど、心細そうにうるんでもいた。

（……なんで、こいつ、こんなに興奮《こうふん》して、必死な顔してんだ？）

女の子に詰め寄られるのなんてはじめてで、不思議《ふしぎ》な気持ちになった。

「式部さんは、きみのことを心配しているんだよ。いい子だね」

ヒカルが優しい顔でささやく。

「そうか、おまえ、俺のこと心配してくれたのか。ありがとうな」

とたんに、帆夏の頬が赤くなり、是光の衿をつかんでいた手を、ぱっとはなす。

「なななななに言ってんの！　心配なんてしてないよ……っ。あんたなんて百回蹴《け》ったって立ち上がってきそうだもん。あたしは、ただ斎賀会長を刺激《しげき》するなって、忠告してやろうとしただけで、心配なんて全然――あ、あたしが、あんたの仲間みたいに思われて、とばっちりくうのがヤなだけで――」

そっぽを向いて、つっけんどんに言う。

「可愛《かわい》いなぁ、式部さん」

ヒカルがくすりとする。是光には、よくわからない。

「とにかくっ、あんたは、しばらくおとなしくしてろってこと」

「無理。昨日、喧嘩《けんか》しちまったし」

「はぁっ？」

帆夏が是光のほうへ顔を向ける。目が、まんまるだ。お笑い芸人みたいな、派手《はで》なびっくり顔だ。

「帰りにたまたま会って、偉《えら》そうに命令するから、おまえの言うことなんかきくか、バカヤローって感じで」

「なんで、そんなこと言うのーっ！」

眉を下げて、あわあわしながら訴《うった》える。

「仕方ねーだろ。引くわけにいかなかったんだから」

是光は頬をふくらませて、答えた。

「あんたって、本当にバ――――」

「斎賀が、おまえにまでなんかしようとしたら、俺が守ってやる」

バカ――と言いかけた帆夏が、何故《なぜ》かそのまま固まってしまった。

耳たぶや首筋を真っ赤に染めたまま、目をむいている。

(どうしたんだ？　こいつ？　なに赤くなってんだ？)

「是光、きみ、ぼくのことタラシって言えないよ。きみも結構素質《そしつ》あると思う」

ヒカルが、ぼそっとつぶやいた。

なにわけのわからないこと言ってんだと反論しそうになり、慌《あわ》てて飲み込む。

ようやく動き出した帆夏が、

「バ、バカっ！　あたしのことはいいんだよっ。自分のことは自分で守れるから。ふ、フンッ、あなどらないでよ、あんたの助けなんか、フンッ、いいいいいらないんだから」

と、視線をそらしながら主張する。

「もう——本当にもう、他人のこと気にしてる場合じゃないでしょ。わかってないんだから。ま、守るとか、カッコつけちゃって……やだ、なんか顔熱いし。ちゅ、注目浴びてるし」

気がつけば、帆夏の言うとおり、学園の生徒たちが、驚きの表情を浮かべて、かたわらを通り過ぎてゆく。

「離れて歩いてよねっ、ヤンキーなんかと一緒に登校したと思われるの、嫌だから」

赤く染まった顔を隠すように伏せ、帆夏が早足で歩きはじめる。

「俺は、ヤンキーじゃねぇ！」

「話しかけないでっ！」

帆夏はどんどん遠ざかってゆく。

「くぅぅ、女って、よくわかんねー」

朝衣とのことを心配してくれているのかと思えば、いきなり怒ったり、赤くなったり、弱気な顔をしたり、また怒ったり、ころころ変わりすぎだ。

ムッとしながら帆夏の数メートルあとを歩く是光に、ヒカルが、

「やっぱり可愛いなぁ、式部さん。強気プラス純情って最強だよね。すっごく萌《も》える。ここは追いかけて手をつかんで、ぼくはきみと登校したい、って言うとこだよ、是光。きっともっと真っ赤になっちゃうよ、式部さん。あぁっ、見たいっ」

と、興奮している。

(おまえ……葵は、どうしたんだよ)

是光はジト目で、ヒカルを見た。

(やだ、あたしってば、なんでうろたえてんの)

胸がざわめく理由がわからず混乱しながら、帆夏は早足で進んでゆく。

(顔、絶対赤くなってる)

昨日、斎賀朝衣に生徒会の役員室まで連れてゆかれ、是光のことを訊かれた。

式部さんは、彼と親しいみたいだから——と。

威圧感《いあつかん》のある美しい瞳《ひとみ》に、背筋が震《ふる》えるような緊張《きんちょう》を味わいながら、それでもつい、訴えていた。

「赤城は見た目はヤンキーだけど、実は結構真面目《まじめ》で努力家で、好きな相手にはすごく一途《いちず》なんです！　それに女には暴力とか振るわないし——あたしがあいつのこと痴漢《ちかん》と間違えて蹴りまくっても、一回も蹴り返してこなかったし——きっと根は紳士《しんし》なんです！　猫好き——か、どうかは知らないけど、字もめちゃくちゃ上手《じょうず》で、宿題とかもちゃんとやってくるし——」

是光を庇《かば》えば、帆夏も仲間と見なされるだろう。朝衣を敵に回すのは、賢くない。

わかっていたのに——夢中で叫んでいた。

「赤城是光は、見た目よりずっとイイ男なんです！」

（なんで、あんなこと言っちゃったんだろ。会長、あのあとムッとしてて超怖かった）

なのに、

「用はそれだけですか、失礼します」

と勝ち気に言って、役員室を出た。

（自分が信じられない）

あの朝の宮に、喧嘩を売るような真似《まね》をするなんて。

是光のこと、バカだなんて言えない。

（きっと会長は黙ってないだろうし、もし、なにかあったら……）

『俺が守ってやる』

是光の真剣な顔や声を思い出し、また頬が熱くなった。リアルで、あんな恋愛小説のヒーローみたいなこと言うなんて。

『俺が守って――』

(うわあああああ、やめて、やめてぇ)

悶《もだ》えながら、昇降口まで辿《たど》り着《つ》いたとき。

(あれ？)

帆夏は、異変に気づいた。

廊下《ろうか》に人だかりができている。

女の子たちが、「ひどい」とか「誰《だれ》がこんなこと」とか、泣きそうな顔で言い合っている。

(なにかあったの？)

もどかしく靴《くつ》を履《は》き替《か》え、人だかりのほうへ歩いてゆくと、

「ほのちゃん」

おさげの友人に声をかけられた。

「みちる、これってなんの騒《さわ》ぎ」

みちるが眉をしゅんと下げて答える。

「ひどいのー、ヒカルの君の新聞と寄せ書きを、切った人がいるんだよー」

帆夏の目が、掲示板《けいじばん》のほうへ吸い寄せられる。

そこには、バツの形に切《き》り裂《さ》かれた、帝門《みかど》ヒカルの追悼《ついとう》記事と、彼へのメッセージを綴《つづ》った五枚の色紙があった。


（なんだ、あれは）

壁《かべ》に貼《は》られた、新聞記事と五枚の色紙を、是光は人だかりの一番後ろから、険しい顔で凝視《ぎょうし》していた。

記事も色紙も、バツの形に切られている。

ありがとう、さようなら、大好きでした。

黒いペンで書かれたそんな言葉や、ヒカルの顔写真が、斜めに切断されている。

是光の隣《となり》で、ヒカルもまた息をのむような表情で、自分について書かれた記事と、自分に向けられた言葉と、その上のバツ印を見つめている。

（一体、どうなってるんだ？　どこのどいつがこんなことをしやがった）

是光は人混みの間を縫《ぬ》うようにして、前に進み出た。

頬を引きつらせ、目をぎらつかせた是光に気づいた見物人たちが、ぎょっとして身を引く。

是光の前に道が開け、周囲がシーンと静まり返る。注目を浴びながらそのまま掲示板のすぐ前まで辿り着いた。

口をぎゅっと閉じ、硬い表情で記事と色紙の上に走るバツ印を睨み据える。

カッターで切ったのだろうか。切断面に、ぎざぎざはなく、なめらかだ。

是光の頭の中に、キャンバスの上に刻まれた、醜《みにく》いバツ印が浮かび、胸の奥がぎゅっとしめつけられた。

光にあふれた階段の上に、斜めに走るどす黒い線。

冷たい指で記事の切断面に指で触れると、裏側からなにか小さなものが右のつま先に落ちてきた。

「？」

しゃがみ込んで指先でとりあげる。それは米粒の半分ほどの大きさの、銀色の星だった。

ヒカルも一緒にのぞきこむ。

「これ……」

ヒカルが、なにかつぶやきかけたとき。

「赤城くん」

大人の男性が、是光の名前を呼んだ。

振り返ると、厳格《げんかく》な顔つきの男性教諭《きょうゆ》が、是光のクラス担任の若い女性と一緒に立っていた。

是光の担任が、おどおどと身をすくめる隣で、年配の男性教諭が険《けわ》しい声で言う。

「ちょっと来てくれないか」

是光にとってよい話でないことは、担任の弱り切った顔や、男性教諭の厳《きび》しい眼差《まなざ》しからわかる。

「教頭の西寺《にしでら》先生だよ」

と、ささやくヒカルの声も張りつめている。

是光は、

「わかりました」

と言って、教頭のあとについて歩き出した。

周囲の視線が、針のように突き刺る。

視界の隅《すみ》に、心配そうに見送る帆夏の姿が映る。

背中で、

「犯人はあいつなんじゃないか。それで呼び出されたんじゃないか」

と、ささやく声が聞こえた。

「きみが色紙をナイフで裂いているのを、見たという生徒がいてね」

生徒指導室《しどうしつ》と表示された狭《せま》い部屋に入り、会議机《かいぎづくえ》を挟《はさ》んで向かいあうなり、教頭は責めるように言った。

「はぁ？　誰が？」

是光は気の抜けた声を出してしまった。

教頭が厳しい声で、

「それは言えんよ。が、一人ではなく三人もの生徒たちが、昨日の下校時間のあとに、きみがナイフで色紙に切りつけているのを見たと話している」

(なんだって！)

とっさに頭に浮かんだのは、

(斎賀の仕業《しわざ》か)

ということだった。

そうでなければ、やってもいないことに対して、三人も目撃者《もくげきしゃ》がいるなんてありえない。

帆夏が、斎賀会長は敵対者を絶対に許さない、会長に逆らった教師や生徒はいつの間にか学校から消えていたと話していた。

（くそっ、汚《きたね》えぜ、斎賀朝衣。他人に無実の罪を被《かぶ》せるのが、てめぇのやりかたかよ）

頬が引きつり、胸の奥が沸々《ふつふつ》とたぎってくる。

是光の眉がどんどんつり上がり、目に憤《いきどお》りが浮かぶのを見て、ヒカルが、

「是光、きみじゃないことは、二十四時間一緒にいるぼくがよく知っている。だから落ち着いて。熱くならないで」

と、なだめる。

「今は我慢《がまん》して。冷静に教頭先生と話をして」

是光は、すっと息を吸った。

それを吐き出し、気持ちをどうにか落ち着けようとする。

ヒカルが止めなければヤバかった。

俺がやったって抜かしてるやつらを連れてこい、生徒会長の斎賀も呼びつけろと、わめいていたかもしれない。

そんなことをしたら、逆ギレしたと思われかねない。

「俺は、やってません」

教頭をじっと睨み据えながら、はっきりした口調で言う。

教頭も担任も、是光が冷静に否定したので、少し臆《おく》したようだった。

「しかしきみは、数日前も色紙に寄せ書きをしている生徒たちを、怒鳴《どな》りつけたそうじ

ゃないか」

「あれは……あそこにいた人たちに怒鳴ったのではないし、今回のこととは一切関係ありません」

「では、目撃者がきみを見間違えたとでも」

「俺はそいつらではないのでわかりません。けど、自分が昨日なにをしたかぐらいは覚えています。俺は最終下校時間の前に学校を出ました。だから、そいつらが、もし本当に犯人を目撃したのなら、それは俺じゃないし、そもそも俺はそんなことはしません」

「では、きみが、その時間に帰宅したと証明できる人はいるのかね」

「ヒカルが住んでいたマンションで、斎賀会長と会いました。会長が証明できるはずです」

名前を口にするだけでムカツク。

込み上げるものを必死に押しとどめながらそう言ってやると、教頭は動揺《どうよう》もせず、

「そのことなら、斎賀くんから聞いている」

と見下すような目で告げた。

(なんだって！)

「きみが、帝門ヒカルくんの友人だと主張していて、それはありえないと斎賀くんが指《し》摘《てき》したら、ずいぶん怒っていたと」

確かに事実はその通りだ。

が、教頭の口調は、まるで是光がヒカルの友人を騙《かた》るペテン師か、夢と現実の区別がつかない妄想狂《もうそうきょう》と決めつけているようだった。きっと朝衣も、そんな風に教頭に話したのだろう。

「きみはひどく興奮してたから、なにかしでかしそうで心配だった。あのあと学校に戻ったのかもしれない、その時間はじゅうぶんにあったとも」

「ふざ――」

ふざけんな！　と口から飛び出しそうになり、

「是光！　耐えて！」

とヒカルに制止される。

「わかってるから。ちゃんとわかってるから」

かろうじて踏みとどまったものの、心臓《しんぞう》がばくばく荒れ狂い、頭がカァッと熱くなる。

息がまともにできない。

底光りする目で荒い息を吐く是光に、教頭と担任も身の危険を感じたのか、顔を引きつらせる。

「俺は――やってません。ヒカルと俺は本当の友達です。だから、友達へのメッセージを切り裂いたりしない」

声が怒りで低くなる。喉《のど》がひりつく。

そのあとも教頭から、「本当にやっていないのか」とねちこく追及された。

幾度も切れそうになり、ヒカルに制止されながら、

「やってません」

と言い続けた。

最後は、

「あとで斎賀くんを交えて、もう一度話し合おう」

と溜息《ためいき》と共に言われ、ようやく解放されたのは、一時間目の終了を告げる鐘《かね》が鳴る頃だった。


「赤城が教頭に呼ばれたのって、新聞と色紙を切った犯人だからなんだって」

「やっぱり、あのヤンキーがやったんだ」

「俺、そうじゃないかと思った。この前、廊下で女子を怒鳴りつけたとき、すごい形相《ぎょうそう》だったたし。今朝も、むちゃくちゃ怖い顔で、記事を睨んでたもんな」

「自分は、ヒカルの君の友達だって言ってるんだって」

「ありえないね。皇子《おうじ》と下僕《げぼく》くらい差がありすぎ」

「信じる人なんかいないよねー」

「そういえば、お葬式に来てなかった？」

「いたいた。なに？　死人にストーカー？　きっとヒカルの君の友達だって言っても、誰にも相手にされなくて、腹いせで色紙を切ったのね」

「最低ぇ」

是光が歩く先々で、そんな声が聞こえてくる。

「っっ！　あの女――斎賀朝衣、許せねぇ」

教室に向かう廊下で、奥歯を噛《か》みしめ、唸《うな》る。

（あいつ、俺をセコイ切り裂き犯に仕立てて、徹底的《てっていてき》に孤立させるつもりだな。甘いんだよ。てめぇが姑息《こそく》な真似しなくてもとっくに孤立してるし、ひそひそ噂されんのは慣れてんだよ）

「……本当に、朝ちゃんがやったのかな」

隣でヒカルが目を伏せ、憂《うれ》い顔でつぶやいた。

「朝ちゃんらしくない」

「なに言ってんだ、おまえ」

是光が押し殺した声で言う。

いかにも、そういうえげつないことをやりそうな女じゃないか。

けれどヒカルは、綺麗《きれい》な顔をしかめながら、

「是光を犯人に仕立てようとしているのは、間違いなく朝ちゃんだろうけど……。新聞と色紙を切ったのは、別の人なんじゃないかな。朝ちゃんは、それに便乗《びんじょう》しただけで」

「別の人って……」

「だって、朝ちゃんが知ってたら、こんなことするわけない。ありえない。朝ちゃんが、そんな危険を冒《おか》すなんて」

ヒカルの瞳から急速に熱が失われてゆく。

自分自身の中に、どこまでも深く深く沈み込みながら、〝答え〟を探しているような、そんな得体《えたい》の知れない何者かのような、冷めた表情を浮かべる。

はじめて見たヒカルの別の顔に驚きながら、是光の脳裏《のうり》にも、またキャンバスに描かれた大きなバツが浮かび、胸が切り裂かれたような気がしたとき。

帆夏が向こうから走ってきた。

「赤城っ、あんたその、大丈夫？」

慌てたように、心配そうに、是光を見上げて尋ねる。

是光はなんだかホッとして、

「ああ」

と、答えた。

「教頭の話って」

「俺が、犯人じゃねーかって。けどやってねーし」

本当は朝衣にも、教頭たちにもまだ怒り狂っていたが、帆夏を心配させたくなくて、気にしてないという顔をしてみせる。といっても、悪党面《あくとうづら》は変わらないのだが。

帆夏は恥ずかしそうに唇《くちびる》を尖《とが》らせ、

「そ、そう。ならいいんだ」

そっけなくつぶやく。

「式部さんって、ヤンキーの赤城なんかとつるんでんだ」

「幻滅《げんめつ》だな、式部くんもヤンキーなんじゃないか」

誰かが、そんなことを言う声が聞こえた。

次の瞬間、是光は叫んでいた。

「今、ヤンキーって言ったやつ！　俺はヤンキーでかまわねーが、式部はヤンキーじゃねぇ！」

「ちょちょっと、赤城――」

帆夏が目を丸くして、止めようとする。

考えに沈んでいたヒカルも慌てて、

「是光、式部さんのために怒るのは、きみらしいけど、騒ぎが大きくなったら式部さんにも迷惑《めいわく》をかけるから！」

と諫《いさ》める。

「ぐっ」

是光が声を詰まらせる。が、

「なにあれ、逆ギレ？」

「ヒカルの君の色紙を切った、犯人のくせに」

また別の声がして、こぶしが震え、血管がぶち切れそうになる。

そのとき。


「違います！　色紙も新聞も、その人が切ったんじゃありませんっ！」


是光は自分の目と耳を疑《うたが》った。

ヒカルも、目を見開いたまま動かない。

青ざめた顔で叫んでいたのは、葵だった。

何故、葵が！

息を止める是光の耳に、続けざまに葵の叫びが飛び込んでくる。

「違うんですっ。その人じゃありません！　違います。違うんです！」

折れそうに細い体を震わせながら、目を激しい苦痛でいっぱいにして、「違うんです」

と訴える。

頬が青ざめ、まっすぐな黒髪が乱れて揺らめいている。

葵の声はどんどん掠《かす》れてゆき、しまいには自分で自分の体を寒そうに抱きしめ、うつむいてしまった。

静まり返った廊下に、二時限目の開始を告げる鐘が、冷たく響き渡る。

手をだらりと下げたまま立ちつくす是光の脳裏に浮かんでいたのは、キャンバスにバツ印を描き入れる葵の姿だった。

◇　◇　◇

昼休み。弁当を持って屋上へ向かう是光の耳に、切り裂き事件の噂が聞こえた。

「ヒカルの君の婚約者が、やったんだって」

「葵の上、前からヒカルの君のこと、貶《けな》してたものね。お葬式のときもさ……」

是光の隣で、ヒカルはずっと硬い表情で黙り込んでいる。

屋上に辿り着き、壁際《かべぎわ》に足を伸ばしてしゃがみ込み、

「おまえはどう思う？　本当に葵がやったのか？」

ためらいながら小声で尋ねると、

「わからない。けど、葵さんには動機がある」

眉根を寄せ、苦しそうな声で答えた。

葵は自分が切ったと告白したわけではない。けど、『違うんです』というあの言葉は、ただ是光を庇っているというより、罪の意識にさいなまれ懺悔《ざんげ》しているように聞こえた。

（葵が切ったのなら、ヒカルは辛《つら》すぎだ……）

日曜日の誕生日に渡すはずのプレゼントも、どうなってしまうのか。ヒカルがあんまり険しい顔で黙っているので、是光はそのことを尋ねられずにいる。

くそっ、これなら俺が犯人のほうが、マシだったぜ。

むっつりした顔で、小晴《こはる》が握った特大いなりにかぶりついたとき。

いきなり、横でなにかが光った。

「！」

続いて、ぴろりんと音がし、携帯の画面をこちらに向けた女生徒が、目の前に現れた。

ボーイッシュなショートカットで、体型は小柄だが、反面、むちっとした太ももや、盛り上がったシャツの胸元が、やけになまめかしく、

「すみませーん、赤城氏！　写真、もう一枚いいですか？　今度は正面から」

是光の了承《りょうしょう》を得ず、さっさと正面に回り、またぱしっと携帯の画面を光らせる。撮影《さつえい》完了を知らせる音が、ぴろぴろと鳴る。

「なんなんだっ、おまえは！」

「はい、自分、報道部の一年で近江《おうみ》ひいなっていいます。一年四組出席番号女子の二番です。血液型はＡＢ型で、誕生日は二月三日水瓶座《みずがめざ》です。彼氏募集中《ぼしゅうちゅう》で、好きな男子のタイプは眼鏡《めがね》かけた理系な人かな。スクープのためなら、猫耳にスク水でトイレ掃除《そうじ》とかしちゃいます。好きな食べ物はパスタで、自分はミートソースよりナポリタンに粉チーズをどっさりかける派です。やっぱりナポリタンにはチーズですよね？　駅前のエイプリルフールって喫茶店《きっさてん》のナポリタンセットは、コーヒー、紅茶、ハーブティー、自家製ミントアイスクリームつきで八百五十円で、トイレも綺麗で、最強です。他にご質問は？」

途中《とちゅう》からどんどん早口になっていって、最後のほうは、あまり早すぎて、聞いているだけで目が回りそうだった。

スク水でトイレ掃除って、なんだ。いや、それより。

「なんで勝手に人の写真を撮《と》るんだ」

しかも、こんなときに。

どう猛な獣のような気持ちで睨むが、向こうはけろっとしている。

「一枚撮っていいですかと尋ねましたけど」

「俺は許可してない」

「まっ、細かいことは置いといて。今、話題の赤城氏は、あのヒカルの君のお友達だったそうですね」

「それがどうした」

どうせ信じられないとか、釣《つ》り合《あ》ってないとか言うつもりだろう。

が、ひいなは人なつこい顔で、

「自分、今、ヒカルの君について調べてるんですよね。それで、いろいろ情報集めてるんです」

「またヒカルの追悼記事でも書くのかよ。今回の騒ぎに便乗して」

「あー、今朝は赤城氏も大変でしたねー。けど、自分はあんな誰かさんの思惑《おもわく》がからみまくりのセコい事件、眼中にありません。まぁ、葵の上のカミングアウトは盛り上がりましたけど、それでも事件としては三流です。自分が追ってるのは、〝ヒカルの君の死の真相は？〟ってやつです」

「ヒカルの、死の真相だって？」

鼻の頭にシワを寄せる是光に、ひいなはニッと笑って見せた。

少女から少年に変わったような、したたかで鋭《するど》い笑みに、ドキッとする。

「噂――ですよ。ヒカルの君は事故で亡くなったんじゃなくて、誰かに殺されたんじゃ、ないかって――」

「！」

是光は、短く息をのんだ。

ヒカルが、殺されたかもしれないだって？

（どういうことだ！　ヒカル！）

本人のほうへ顔を向けると、ヒカルは空気が凍りつきそうな、冷たい、険しい表情で、宙を見つめていた。普段やわらかにほころんでいる唇を強く噛みしめ、白い頬をこわばらせ、目をきつく光らせている。

是光の首筋に鳥肌が立った。

まさか、本当なのか？

「もしもしー、赤城氏？　なんであさって方向を向いてるんですかー」

ひいなが呼びかけたとき。


「いた！　赤城！」


切羽詰まった声がして、帆夏が屋上のドアのところから顔を出して叫んだ。

「どうした、式部！」

「葵の上がピンチだよ！　ヒカルの君のファンに連れてかれたの！　すごくヤバイ雰囲《ふんい》

気《き》だった」

「葵さんが！」

ヒカルが叫ぶ。

「あらら、葵の上、ただでさえヒカルの君の悪口言いまくって、ヒカルの君ファンの反感買ってましたからね。今回の件で、臨界点《りんかいてん》超えちゃいましたかね」

ひいながが楽しそうに、そんなことを言う。是光は広げた弁当をそのままにして、帆夏に駆け寄った。

「式部、そいつら、どこへ行った！」

「林のほう！」

是光は階段を駆け下りていった。

「あ！　待ってください！　赤城氏！　まだ自分、取材が——！」

ひいなも胸を揺らして、ついてくる。

◇　◇　◇

（無事でいろよ、葵！）

まさか、お嬢《じょう》さん、お坊《ぼっ》ちゃんの多い私立の名門校で、お呼び出しなんて真似をする生徒がいるとは思わなかった。女はヒスを起こすとなにをしでかすかわからない。

階段を走る是光の頭の上で、ヒカルが張りつめた声で言う。

「是光、聞いて。色紙を切ったのは葵さんじゃないとぼくは思う。葵さんには〝動機〟はある。けど、葵さんはそれを〝実行〟できる性格じゃない。もちろん、やったのは朝ちゃんでもない。葵さんが、美術部の部活中にキャンバスにバツ印を描いたことを朝ちゃんが知ってたら、葵さんに疑いの目が向くようなことを、絶対にするはずがないから」

廊下を走り抜け、上履《うわば》きのまま校舎の外へ飛び出す。その間も、ヒカルは真剣な口調で話し続けている。

「そう、朝ちゃんは、知らなかった。だから、記事と色紙が切り裂かれていると報告を受けたとき、ちょうど良い事件が起こってくれたと思って、きみを犯人に仕立て上げることにしたんだ」

息を切らして、首を左右にめぐらしながら、木々の立ち並ぶ庭を進んでゆく。

ヒカルの声も、いっそう張りつめてゆく。

「事件のポイントは、切り裂き犯は何故、記事と色紙をわざわざバツの形に切ったのかということだ。もしそれが偶然《ぐうぜん》ではないとしたら――なんらかの意図があったとしたら、容疑者《ようぎしゃ》は絞られてくる。犯人は葵さんではない。朝ちゃんでもない。だとしたら――」

空気を切り裂くような、鋭い声が響いた。

「あなたなんて、親の決めた婚約者のくせに！」

そちらを睨みつけると、葵が太い木を背にして立っていた。唇を嚙みしめ、眉をキッと上げ、青ざめている。

葵を囲む女子は、十人近くいる。

口々に、葵を責めているようだった。

「ヒカルの君に愛されてなかったからって、死んでまで恨《うら》んで、色紙を切るなんて、みっともない！」

「こんな性格の悪い女が婚約者だったなんて、ヒカルの君が可哀相《かわいそう》。浮気されるはずだよね」

葵はなにを言われても、硬い表情で沈黙している。目に強気な光を浮かべながら、結んだ唇をほどかない。

「なに睨んでるの。なんとか言ったらどうなの？　幼稚園《ようちえん》から学園にいる〝貴族〟だからって、あたしたちのこと、バカにしてたんでしょう？」

葵の態度に苛立《いらだ》った少女が、手を振り上げる。

「前から気にくわなかったのよ、あなたのこと」

是光は走りながら、喉の奥から雄叫《おたけ》びを上げるように声を放った。

「やめろ————っっっ！」

葵が目を丸くする。

女の子たちも、是光のほうを振り返る。

是光は彼女たちの間に強引《ごういん》に押し入り、葵のすぐ前に背中を向けて立ちはだかった。

葵の顔が、是光の背中にあたって、びくっと震える。

「こいつに手を出すなっ！　こいつは大事な女なんだ！　こいつのことでなんかムカツクことがあったら、俺が代わりに殴《なぐ》られてやるから！」

そうだ！　葵はヒカルの大事な女なのだから、守らなければ！

赤い髪を振り乱し、目をぎらつかせ、息を荒くする是光に、いきなりわめかれて、女子一同、恐怖で硬直《こうちょく》している。

遅れて駆けつけた帆夏とひいなも、その場に立ちつくす。

「さぁ、俺を殴れ！」

是光は、手を振り上げた少女のほうへ凄《すご》んでみせた。

「な、なによっ、あなたなんか、その人に全然相手にされなくて、筆を洗った水をひっかけられてたくせに。それに、その人はみんなが書いたヒカルの君へのメッセージを切ったのよ。なのに庇うの？　バカじゃない？」

少女が怯《おび》えながら是光を睨む。

そのとき。

ヒカルが、是光の隣で凜然《りんぜん》と告げた。

「違う、葵さんはやっていない」

ハッとして、ヒカルのほうを見る。

ヒカルは声と同じように、凜とした強い眼差しを、葵を囲む少女たちのほうへ注《そそ》いでいた。

彼女たちに、ヒカルの姿は見えない。

その声も、聞こえない。

けど、是光には、聞こえる。

だから——。

「葵は、色紙も記事も切っていない」

伝えるのだ、ヒカルの言葉を。

守るのだ、ヒカルの大事な葵を。

女の子たちが、驚きに目を見張り、是光の背中で葵がまた身じろぎする。

ヒカルは神に遣《つか》わされた大天使のごとく、細い指を上げ一人の少女を指し示した。

「犯人は――きみだ」

「やったのは、おまえだ」

ヒカルが示したその少女の手首を、是光は強く、高く、つかみ上げた。

「きゃっ」

さっきまで是光に食ってかかっていた少女が、小さく悲鳴を放つ。

帆夏が息を飲み、ひいなが携帯をかまえる。

是光に握られた右手の指にはネイルがほどこされ、星や花の形をしたガラスビーズが光っている。

是光のつま先に落ちた星と同じものだ。

ヒカルが静かに語る。

「何故、記事と色紙をバツの形に切ったのか――そこに意味があるとすれば、犯人はあのとき美術室で、葵さんがキャンバスに大きなバツを描くのを見ていた人間だ。葵さんのことが気に入らなくて、濡《ぬ》れ衣《ぎぬ》を着せるためにやったんじゃないか」

ヒカルの声に耳をすましながら、そこににじむヒカルの心を読み取りながら、是光も低い声で告げる。

「おまえ、美術部だな。俺が、葵に罵《ののし》られるのを見てたんだろう？　葵がキャンバスにバツを描いたことも、おまえは見て知っていた。だから記事と色紙をわざわざバツに切って、葵に疑いが向くようにしたんだ」

少女は是光に手をつかまれたまま、はじめのうちは身を固くしていたが、やがて釣り上げられた魚のように、左右に体を激しくくねらせ抵抗をはじめ、それが無駄《むだ》だとわかると懇願《こんがん》するように顔をゆがめた。

「だ、だって……許せなかった」

目に恐怖と混乱を浮かべながら、乾ききった唇を動かす。

「その人が、ヒカルの君のことくだらないとか、男のクズだとか、ば、バチが当たって当然だなんて言うから……っ」

その人――と、やりきれなさのにじむ声で口にしたとたん、おどおどしていた目に怒りと哀《かな》しみが閃《ひらめ》き、唸るように言葉を吐き出した。

「あ、あたしなんか、ヒカルの君が生きてた頃、緊張してそばにも寄れなくて……なのに、なんの苦労もなく婚約者になった人が、あんな……あんなひどいこと――。あたしだったら、あんなこと口が裂けても言わない……っ。あたしが婚約者だったら、ヒカルの君のこと、その人よりずっと大切にしたのにっ。毎日、神様に感謝したのに……っ、なのに、ヒカルの君を、くだらないなんて言う人が――そんな人が、ヒカルの君の婚約者だったなんてっ」

最後は、わっと泣き出してしまった。

是光は弱った。

葵がキャンバスにバツを描いたあのとき、是光も葵を怒鳴りつけるほど腹が立って仕方がなかったから。

葵を傷つけようとした少女の気持ちが、胸が突き刺されるほどわかってしまって。

つかみ上げていた手をはなすと、少女は草の上にスカートを広げてしゃがみ込み、弱々しく嗚咽《おえつ》した。

「ヒカルの君に、憧《あこが》れてたの。見てるだけでよかったのに、し、死んじゃって……。もう……会えない……ヒカルの君に、会うことも、できない」

ヒカルも切なそうな顔をしていた。少女の想いを受け止められなかったことを詫《わ》びるように、少女の前に膝《ひざ》を折り、その手を握る。

「ご、ごめんなさい」

会いたいと願っていた人が目の前にいることも、その手でふれられていることも知らず、少女がしゃくりあげながら謝《あやま》り続《つづ》ける。

「わ、わかってるの……あたしの一方的な嫉妬《しっと》だって……でも……苦しくて……どうしようもなくて……ごめんなさい……ごめんなさい」

他の少女たちも次々、

「すみません」

「ゆ、許してください」

と、頭を下げはじめた。

ただでさえ謝られるのが苦手な是光は、汗が噴《ふ》き出《だ》し、頭が熱くなってしまった。

「バカやろう！　おまえら、みんな謝るな──っ！　謝るくらいなら、こんなダセェことすんなー！」

と、わめいたとき。

背中で、掠れた声がした。

「……てください」

葵が、是光の背中で切れ切れにつぶやいている。

「……やめて……ください。謝らない……で」

振り返ると、今朝よりもっと血の気の失《う》せた青い顔で震えていた。目を伏せて、苦しそうに浅い呼吸をしながら、葵は言った。

「色紙を……切ったのは、わたしでは……ありません。でも……わたしは、ずっとそうしたかったんです」

息が喉で絡《から》まった。ひいなが冷静な眼差しで見つめている。帆夏や他の少女たちは驚きの表情を浮かべている。

そうして、ヒカルの瞳には——痛みが広がっていった。葵が口を開くたび、小さな肩を震わすたび、それは濃くなってゆく。

「あなたのおっしゃるとおり、ヒカルはわたしに愛情を持っていませんでした。浮気者のヒカルを……わたしも軽蔑《けいべつ》していました。さんざん人を振り回して、あんな形で、いなくなってしまって……最後まで勝手で……」

葵の声が途切れる。泣き出しそうに顔をゆがめ、また言葉を繋《つな》ぐ。心に渦巻く痛みを、苦しみを、あらわにしてゆく。

「ずっと、あの記事と、あの色紙を、破り捨てたくてたまりませんでした……。ヒカルに関《かか》わるものが、毎朝目に映るのが、耐えられなかったんです……。だ、だから、記事と色紙が切り裂かれているのを見たとき……わたしが——わたしが、そうしたような気がしたんです……」

葵の細い体は、ますます細く薄く見え、顔色がますます青ざめて見え、大きな瞳が、苦しみでひび割れそうで、

「ヒカルの記憶も全部、消えてなくなればいいと思ってたからっ！」

絞り出すような悲痛な声で叫んだ瞬間――是光は、ヒカルの心も砕けてしまうのではないかと思った。

先ほど審判者《しんぱんしゃ》の立場にあったヒカルは、今は有罪判決を下された大罪人のように立ちつくしている。

反論をせず、唇を閉じ、切ない目で、無力に――。

葵が、うつむいたまま走り出す。

「待ってくれ」

是光はあとを追った。

「もう、わたしにかまわないでくださいっ。ヒカルの気持ちなんて――わたしへの気持ちなんて、空から星が落ちてくるぐらい、ありっこないんです！」

葵が走りながら、叫ぶ。

その言葉が、是光の胸を抉《えぐ》る。

なんで、そんなことばかり言うんだ。

ヒカルは、葵のすぐそばにいるのに。

葵との約束を果たすために、この地にとどまっているのに。

（消えてなくなればいいなんて――ずっと破り捨てたかったなんて、どうして――そんな張りつめた声で――泣きそうな声で、辛そうな目で、どうして――)

胸がしめつけられて、息が苦しくて、体のあちこちに激痛が走る!

(ヒカルは、おまえが希望だって言ったんだ!　なのに――)

「頼む!　待ってくれ!　左乙女《さおとめ》葵!　話を聞いてくれ!」

葵は中庭から渡り廊下へと駆けてゆく。是光は必死で追いかける。ヒカルの気配《けはい》を背中に感じながら、ヒカルの痛みを、苦しみを感じながら、ただただ追いかける。

(時間がないんだ)

葵の十七歳の誕生日は、明後日の日曜日だ。それまでに葵が心を開いてくれなければ、残り六つのプレゼントを渡せない!　ヒカルの想いを葵に伝えられない!

ヒカルにはもう、これが最後なのに!

葵の誕生日を一緒に祝《いわ》うことなんて、ヒカルにはもうできないのに!

「止まってくれ!　左乙女葵!　おまえに渡したいものがあるんだ!」

葵は階段をのぼってゆく。

真昼の光が、階段の窓からまぶしく降り注いでいる。

「おい!　左乙女葵!　左乙女!　葵!　――葵さん!」

葵さん。

そう呼びかけた瞬間、葵がびくっとして、足を止めた。

けれど振り返らず、そのまま崩れるようにしゃがみ込んでしまう。

様子が変だ！

是光は慌てて駆け寄った。

ヒカルが、

「葵さん！　葵さん！」

と、興奮して呼びかける。

葵は意識が朦朧《もうろう》としているようで、ぐったりしたまま目を閉じ、苦しげに息を吐いている。是光が抱きかかえても抵抗しない。葵の体の軽さに、是光は驚いた。

「ヒカル、保健室はどっちだ」

「一階だよ！」

「案内しろ」

そのまま葵を抱えて、保健室へ走った。

途中、是光たちを追いかけてきた帆夏とひいなと、すれ違う。

「ちょっと！　なにそれ！　葵の上、どうしたの！」

「うわぁ、お姫様ダッコですか！　写真よいですか！」

「アホ！　撮ったら殺す！」

それだけ叫んで走り続けた。

◇　◇　◇

保健室のベッドに葵を寝かせ、ようやく息をつく。

是光のシャツも髪も大量の汗でびっしょりで、絞れば汗がしたたりそうだった。

「過労《かろう》と睡眠《すいみん》不足と栄養不足ね」

保健室の先生が、眉根を寄せる。

つい先日の授業中も、葵は気分が悪くなり、保健室のベッドで休んでいったらしい。

「あのとき、最低限の睡眠と栄養はとるように、口を酸《す》っぱくして言ったのに。やっぱり、まだヒカルくんのことを引きずっているのね。仕方のないことだけど……」

困ったようにつぶやくのを、ヒカルはまつげを伏せ、自分を責めるように聞いていた。

昼休みが終わり、教室に戻るように言われたが、是光は、

「俺は、こいつに付《つ》き添《そ》います！」

と主張して、ベッドの脇《わき》から断固として離れなかった。

「先生、赤城はいさせてあげてください」

帆夏が頼んでくれて、先生も根負《こんま》けしたのか、是光に怨念《おんねん》のこもった目で睨まれて怖かったのか、了承してくれた。

「ありがとな、式部」

「ううん。葵の上……元気になるといいね」

是光を気遣《きづか》うように小さな声で言い、帆夏は出ていった。

ベッドで目を閉じて眠っている葵を、ひりひりするような気持ちで見おろす。

寝不足だって？　過労だって？　栄養不足だって？　なんだよ、それ。

「こいつ……口では強がってたけど、ずっとテンパってたんだな」

気丈に登校し、授業を受け、放課後は美術室で絵を描いて——ヒカルが生きていた頃と変わらない日常を過ごしているように見えながら、そうではなかった。

心の中では、ずっと苦しかったし、傷ついていたのだ。

それを知られたくなくて、必死に意地《いじ》を張っていたのかもしれない。

眠る葵のまつげから、透明な雫《しずく》がぽろり、ぽろりとこぼれる。

ヒカルはベッドのすぐ横に膝をつき、後悔でいっぱいの眼差しで葵の寝顔をのぞきこんでいる。

「……葵さんは、記事と色紙を切り裂いたのが、美術部の子だって……気づいていたんだ……。彼女がそんなことをした原因が自分にあったに違いないと思って、苦しんでいた。……葵さんは、そういう人だから」

――違うんです……。その人じゃありません。違います。違うんです。

廊下で、泣きそうな顔で訴えていた葵。
あのとき葵は、是光を庇ってくれたのだ。
たとえそれが罪悪感からであっても。

――わたしは……ずっと、あの記事と、あの色紙を、破り捨てたくてたまりませんでした……。

同時に、あの言葉もきっと葵の本心で。

――記事と色紙が切り裂かれているのを見たとき……わたしがそうしたような気がしたんです……。

ヒカルの記憶も全部、消えてなくなればいいと思っていたと、震えながら告白した。

ヒカルの気持ちなんて、ありっこないのだと。

それを口にした葵の気持ちと、それを聞いていたヒカルの気持ちを思うと、体中がひりひりして。

「……昔からそうなんだ、葵さんは。哀しくてしょうがないときや、泣いてしまいそうなとき、いつも強がって『なんでもないわ』って、頰をふくらませてそっぽを向くんだ。だから……」

ヒカルが憂いのにじむ低い声でつぶやく。

怒っているのは、哀しいから。

ヒカルに愛されていない自分が、惨《みじ》めで切なくて、泣いてしまいそうだから。

母親が去ったあと、半紙に何枚も何枚もばってんを書いた幼い日の自分。

同じなのだ、葵は。

すべてを否定することでしか、心を守れなかったあのときの是光と。

アルバムに貼られた写真の中の葵は、ヒカルと離れているとき、いつも横目でヒカルのほうを見ていた。

なのに、二人で写っているときは、そっぽを向いていて。

葵の不器用《ぶきよう》さも、葵の痛みも、苦しみも、ヒカルはきっと誰よりも理解している。だからこそ、葵のむき出しの叫びは、ヒカルの心を深く切りつけたはずだ。

ヒカルは、まつげを伏せたまま、哀しそうに葵を見つめている。

頬を伝う涙の粒を指先でぬぐおうとするが、その指は顔をすり抜けてゆく。

ヒカルの顔が、痛みにゆがむ。

是光の胸も裂けそうだった。

ヒカルはここにいると、葵を揺り起こして言ってやりたい。

おまえを心配してるぞと、言ってやりたい。

何度か、葵にふれようと試《こころ》みたあと、ヒカルは淋しそうに手を引いた。

唇を閉じたまま、憂いのにじむ深い眼差しで葵を見つめたあと、痛々しいほど綺麗に微笑《ほほえ》んで——優しい声で言った。

「是光……保健室の前に、自動販売機があっただろう。ミルクセーキを買っておいてくれないか。葵さんが目がさめたら飲めるように」

「お、おう」

五時間目の終了を告げる鐘が鳴る。

是光はパイプ椅子《いす》から腰を上げ、足音をひそめて廊下へ出た。

さっき見たヒカルの微笑みに、まだ胸が疼《うず》いている。

迷ったあと、自動販売機に硬貨を落としながら、ずっと気になっていたことを尋ねた。

「あのさ……今、訊くことじゃねーかもしれねーけど」

平静を装《よそお》おうとしたが、ミルクセーキの表示を押す指先が湿《しめ》り、喉が少し震えた。

「おまえ……殺されたって……マジ？」

がたんっと音がして、ミルクセーキの缶が落ちてくる。

ヒカルは静かすぎて不自然とも思える眼差しで、是光を見つめ返している。

「なんか、報道部の女が、そんなこと言ってたから」

「……」

「ガセなら、かまわねーんだけど」

「どうだろう」

大人びた口調で答える。

「ぼくは浮気者のハーレム皇子だから……ぼくを殺したがっていた女の人は大勢いただろうね」

それは、微妙《びみよう》なはぐらかしのように思えた。

何故はぐらかす必要があるのか。

考えると、背筋が寒くなった。

近江ひいなが言っていた〝噂〟は、本当なのか？

ヒカルは黙っている。

喉に、冷たいものがつかえているような気がしたとき。

「赤城くん」

斎賀朝衣が、咎《とが》めるような目をして立っていた。

「葵が倒れたと聞いたわ」

「今、ベッドで眠ってる」

答えながら、ミルクセーキの缶を引っぱり出す。

まだ熱くて、指先がぴりっとした。

「ミルクセーキ……？」

朝衣が眉をひそめる。

「葵に飲ませてやろうと思って」

そう言うと、さらに目つきを鋭くする。

「……ヒカルに聞いたの？　葵が珈琲《コーヒー》よりミルクセーキが好きだってこと」

「ああ」

保健室に戻ろうとする是光を、厳しい声が引き留めた。

「赤城くん、きみはもう教室に戻ってちょうだい。葵にはわたしがついているわ」

「葵に、話があるんだ」

「きみがいたら、ますます葵の具合《ぐあい》が悪くなるわ。そもそも葵が倒れたのもきみのせいじゃないの？」

ヒカルの顔が、こわばる。

是光の足もすくんだ。

確かに——逃げる葵を、しつこく追いかけて保健室行きにしたのは是光だ。

美術部の女子部員が、葵を犯人に仕立てるために記事と色紙を切り裂いたのも、もともとは、美術部に日参する是光に苛立った葵が、ヒカルを誹謗《ひぼう》したことが原因だった。

ヒカルの気持ちを伝えようと、ただがむしゃらに突き進むばかりで、葵が本当は食事も満足にとれず、夜も眠れないほどに苦しんでいることに、気づけなかった。

葵の言動に腹を立てて、怒鳴ったり、ひどいことを言った。

こんな目つきの悪い野良犬につきまとわれて、わめかれて、内心は怯えていたかもしれない。葵の傷を、自分が広げてしまったのかもしれない。

是光の隣で、ヒカルは頼りなげにうつむいている。

是光も、ミルクセーキの缶を、手の皮が焼けつきそうなほど強く握りしめたまま、反論できなかった。

(俺が、葵を追いつめたのか)

朝衣がわずかに顔をしかめる。

「今日、葵から目を離して一人にしたのは、わたしのミスだったわ。その点はわたしも反省している。この先、ヒカルのファンの子たちにも、葵を傷つけるような真似は一切させない」

「あいつらにも理由があったんだ。制裁《せいさい》を加えたりするなよ。葵が知ったら、また自分を責めるぞ」

是光が睨みながら言うと、

「きみに、葵のことで指図《さしず》されたくないわ」

苛立っている声で返してくる。

そうして、ひややかな顔で是光を見すえた。

「仮に、きみが本当にヒカルの友達だったとしても、きみの言動が葵を傷つけたことへの言い訳にはならないし、そんな人がヒカルの代理人だなんて、わたしは認めるわけにいかない」

言葉のひとつひとつが、是光の胸を突き刺す。

ミルクセーキを握りっぱなしの手のひらが、どんどん痺《しび》れ、感覚がなくなってゆく。

「もう一度言うわ。赤城是光くん、きみにはヒカルの気持ちは語れない。そんなことは誰にもできない」

なにか言わなければ。

自分は、ヒカルの正当な代理人なのだから、反論しなければ。

（そうだ、なにか――）

胃が破れそうに苦しくても、頭ががんがん痛んでも、なにか――。

そのとき、ひっそりした声がした。


「是光……もういい」


それがヒカルの声だと、とっさに信じられなかった。

ヒカルは是光と朝衣の間に立ち、ドキリとするほど淡い笑みを浮かべて、首を横に振った。

「もう、いいんだ」

なにがいいんだ。

なにを言ってるんだ、ヒカルは。

足元が崩れてゆくような感覚を味わう是光に、朝衣が告げる。

「葵の誕生日はわたしが祝うから、あの子にはもうヒカルを忘れさせてあげて。もともとあの子には、ヒカルの婚約者は荷が重かったのよ」

その言葉を聞いたヒカルは、苦しそうに顔をゆがめた。

――ヒカルの記憶も全部、消えてなくなればいいと思ってたからっ。

あきらめ、受け入れようと、必死に耐えている表情だった。そんな顔を見てしまったら、是光も朝衣に反撃《はんげき》できない。

（くそっ！）

ぬるくなったミルクセーキの缶を、こめかみを引きつらせ朝衣に押しつける。

「葵に渡してくれ」

呻《うめ》くように言って、保健室から離れた。

やりきれない思いで、体がはじけそうだった。

ヒカルはうつむいたまま、是光の隣を歩いている。なんて弱々しい、存在感のない姿だろう。

もうすぐ教室だ。

是光は、そちらへ向かって歩を進めながら、低い声で言った。

「おまえ、本当にあれでよかったのか」

ヒカルはうつむいたまま、ぽつりとつぶやいた。

「朝ちゃんの言葉が正しいのかもしれない……」

消え入りそうな儚《はかな》げな眼差しで、後悔の言葉を口にする。

「ぼくはこれまで、葵さんをいっぱい傷つけてきた。今さら遅いのかもしれない。約束をはたしたいなんて、僕の自己満足にすぎなかったのかも……大切にしたかったのに、葵さんは——泣いていた」

伏せたまつげが震える。声に、抑えきれない痛みがこもる。

そのままぎこちなく顔を上げ、

痛みでいっぱいの目で是光を見て、

微笑んだ——ヒカルは。

「それにね、是光。幽霊のぼくはもう、葵さんを幸せにすることも、葵さんと新しくはじめることもできない……」

「っっ」

是光が唸る。

「美術室で葵さんに、ぼくの声が聞こえたら、唇にふれて合図をしてって、話しかけたとき……無理だってわかっていても、もしかしたらって願っていた……。葵さんはどんなに怒っていても、最後はいつもふくれっ面で振り向いてくれたから……。けど、あのとき葵さんはぼくのほうを見もしなかった」

あのとき、体がふれあいそうなほど、近くにいた二人。

弱気な瞳で、祈るように葵を見つめていたヒカル。

けど葵は振り向きもせず、キャンバスに大きくバツ印を描いた。

ヒカルを、最低の嘘つきだと言った。

さっきまでミルクセーキの缶を握りしめていた手が、まだひりひりする。

悔しくて、もどかしくて、息が苦しい。

ヒカルの笑顔を見るのが辛くて、うつむいて歩き続ける。

朝衣の指摘は、正当だ。

真面目な葵にヒカルの婚約者は荷が重かっただろうし、大勢の女の子たちとの恋を楽しみ、浮き名を流すヒカルを見て、傷ついていただろう。

なのに死んでから愛情を伝えようとするなんて、調子がいいし、自分勝手にもほどがある。

そんなヒカルを擁護《ようご》し、代理人を引き受けた是光も同罪だ。

一方的なアプローチを繰《く》り返《かえ》した結果、事件を引き起こし、葵を追いつめたことを、地面に頭と膝をこすりつけたいほど悔やんでいる。

けど、だからって、このまま引き下がってもいいのか？

なにもせずに、葵の誕生日が終わってしまってもいいのか？

そして俺も——ヒカルがあきらめるのを、黙って見ていていいのか？

教室の前に辿り着く。

帆夏は是光の帰りを、心配して待っていたのだろう。

自分の席から、廊下をずっと眺めていたようで、「赤城、葵の上は？」と、後ろのドアから顔を出して尋ねた。

「大丈夫だ」

帆夏がホッとした表情を浮かべ、次の瞬間、慌てたように目を見張った。

「って——どこ行くの、あんた？」

「野暮用《やぼよう》」

うつむいたままぶっきらぼうに言い、教室の前を通り過ぎる。

頭上で、授業のはじまりを告げる鐘が鳴り響く。

「ちょっと！　赤城！　授業はじまるよ！　まだ六時間目が残ってるんだから！　赤城！　赤城ってばぁっ！」

帆夏が後ろで叫んでいる。

是光はかまわず、廊下を大股《おおまた》歩きで進んでいった。

「是光？　どうしたの？　教室、通り過ぎちゃったよ！」

ヒカルも戸惑《とまど》っている。

是光は無言で階段をのぼりはじめた。

歯を食いしばり、一段一段踏みしめながら、のぼってゆく。

「是光、ねぇ、是光。聞こえないの？」

最上階まで辿り着くと、是光は屋上へ続くドアを開け放った。

風が顔にあたり、真っ赤な髪を高く吹き上げる。

ドアを閉めるなり、是光は大声で言った。

「聞こえてる！」

ヒカルが目を丸くする。

是光は首をもたげ、ここまで溜め込んできたことを、怒濤《どとう》のように吐き出した。

「ここへ来たのは、おまえに言いたいことがあったからだ！　てか情けねー顔してんじゃねーよ！　おまえ、葵に気持ちを伝えるために、俺に取《と》り憑《つ》いたんだろ！　おまえは死んだけど、おまえの声はちゃんと俺に聞こえてるっ！　俺のココに届いてるっ！」

胸を、どすんと叩《たた》いてみせる。

ヒカルは茫然《ぼうぜん》とした顔で、是光を見つめている。

その顔を、是光は強く、強く、見つめ返す。

本当に、おまえはあきらめてしまうのかと、目で訴える。

あのアルバムに込められていた想いは、その程度だったのか？

美術室で、あんなに優しく愛《いと》おしく葵を見つめていたとき、胸にあふれていた気持ちを、なかったことにできるのか？

「葵は大事な女なんだろう！　おまえ、俺にそう言ったよな！　あれは嘘だったのかよ！　もう浮気はしない、一生大切にするって誓《ちか》ったろ！　あれも全部嘘だったのかよ！」

　ヒカルが青ざめた顔で、唇の端を上げる。

　まだ笑うのかと、胸が突き刺されるような——もう笑みとは呼べないような引きつった笑みだった。

「嘘じゃない。葵さんは、ずっと大事な人だった」

「なら……っ、それを葵に教えてやらなくてどうする。葵は、おまえに愛されてないって思ってんだぞ」


——わたしへの気持ちなんて、空から星が落ちてくるぐらい、ありっこないんです！


　葵の叫びが、耳の奥に響《ひび》く。

　隕石《いんせき》にあたる確率なんて、どれくらいだよ。そんなに自信が持てずにいたのか。

「泣いている女を、放っておくなんてできないんじゃなかったのかよっ！　枯《か》れそうな花には水をやるんじゃなかったのかよっ！　だから教えてやれ！　葵のことも、葵との約束のことも、おまえがどれだけ大事に思ってたか、葵に教えてやれ！　おまえの言葉も気持ちも、全部俺が伝えてやる！　おまえが『頼む』って言ってくれたら、友達だから——俺が絶対、伝えてやる！　葵の涙だって、おまえが拭《ふ》けないなら、俺がタオルでごしごし拭いてやる！　それともまた『もういい』って言うのか！」

喉が裂けそうなほど叫びながら、是光は必死に念じていた。

言ってくれ。

頼むって、言ってくれ。

おまえがあきらめたら、葵はおまえの気持ちを一生知らないままだぞ。

おまえがどんな目で自分を見ていたかを知らずに、愛されていなかった、仮の婚約者だったと、思い続けるんだぞ。

駆け落ちした母は、是光になにも残さず、なにも伝えず、行ってしまった。

是光は、母にプレゼントを渡すことができなかった。

けど、ヒカルは、葵に伝えるべきことがあるはずだ。葵も、ヒカルからの贈《おく》り物《もの》を受け取る権利があるはずだ。

だから、どうか——。

ヒカルは切なそうに唇を結び、眉根を寄せて、是光を見ていた。

澄んだ瞳の中で、哀しみと痛みと苦しみが交差する。

それから、唇を小さく震わせ、言った。

「頼む……是光」

その言葉だけで、じゅうぶんだった。

ヒカルのマンションをあとにした、あの夜。星がまたたきはじめた薄墨色《うすずみいろ》の空に向かって、ぼくらは友達だとヒカルが叫んだとき、恥ずかしさと一緒に心が躍《おど》り全身に喜びがあふれたように。

あの言葉ひとつで、俺はどんな困難なことでも、こいつにしてやるだろう。

頼む。

その言葉だけで、見返りなしに、損得《そんとく》抜きに、すべてを引き受けるだろう。

〝友達〟のために、喜んで動くだろう。

「おう！　任せろ！」

胸いっぱいに、嬉《うれ》しさが込み上げる。

腹の底から全身に広がってゆく喜びとともに叫び、是光は再び走り出した。

帆夏は、屋上へ続くドアのこちらで、はらはらしていた。

是光のことが心配で、授業をサボって追ってきてしまったのだ。

ドアの向こうから、怒鳴り声が聞こえてくる。

喧嘩でもしているのだろうか？　でも誰と？

ノブに手をかけたとき、晴れやかな声が、はっきりと帆夏の耳に響いた。


「おう！　任せろ！」


足音が近づいてきて、思わずドアの反対側に身を隠すと、ドアが勢いよく開いて、明るい顔をした是光が、赤い髪をなびかせて飛び出してきたのだ。

（え？　ちょっと、どうなってんの？）

保健室から戻ってきたときは、顔をしかめてすごく苦しそうだったのに、今、弾丸みたいに飛び出していった是光の顔は、光をいっぱい浴びたように晴れ晴れとし、輝いていた。

目の奥に焼き付いた、赤い髪の鮮烈《せんれつ》さと、頼りになるガキ大将みたいなやんちゃで不敵な眼差しにドキドキして、帆夏は思わず自分の胸を両手で押さえた。

まるで、ゆうべ書いた一目惚《ひとめぼ》れの瞬間のように――。

是光は、自由な野良犬のように、階段を駆け下りてゆく。

そのまま廊下を、一直線に突き進む。

足に羽が生えたみたいで、疲れをまったく感じなかった。

ポケットに手を突っ込む。

そこに、先日金券ショップで購入したばかりの、ふたつ目の誕生日プレゼントがある。

こんなもの自分で買うのは、はじめてで、えらく恥ずかしくて、ぶっきらぼうに『二枚』と言ったら、店員がびびっていた。

がさりと音を立てて、指先がそれにふれる。

保健室から、朝衣に付き添われた葵が出てくる。

小さな顔は、まだ青ざめていて元気がない。

涙をこらえるように唇を結び、うつむいている。

是光は叫んだ。


「葵！」


葵が、ぱっと顔を上げて是光を見る。その顔に驚きが広がる。

隣で朝衣が顔をしかめる。

葵を隠すように、葵の前にすっと移動するが、是光はかまわず葵に向かって、ポケットから引き抜いたものを、差し出した。

「ふたつ目のプレゼントだ！」

葵の目に、さらに驚きが浮かぶ。

ふたつ折りの封筒は、ずっとポケットに入れていたので、多少シワになっている。それを葵の手に乗せる。

「遊園地のチケットだ！　日曜日、一緒に行こう！」

立ち尽くす葵の目を見つめ、学園の最寄り駅の改札前で、一時に待っているから！

と、早口で伝え、

「約束だ！」

と、今一度、力を込めて言った。

「葵の誕生日は、わたしが祝うわ」

朝衣が冷たい声で言い、チケットを葵の手から取り上げようとする。

が、葵が、チケットの入った封筒を持つ指に、きゅっと力を入れた。

朝衣の顔が、引きつる。

葵は苦しそうに唇を結んだまま、行くとも、行かないとも、答えない。

是光は、葵の目をたぎるような眼差しで見つめ、伝える。

「待ってる！　絶対待ってるから！　ちゃんと来いよ！　残り五つのプレゼントも、その日、渡すから！」

チケットをつかむ指先が、ぴくりと震える。

「葵。彼の言葉を聞く必要ないわ」

朝衣が葵を連れて、是光の横を通り過ぎる。

葵が是光のほうを、ぎこちなく振り返る。

「ヒカルの気持ちを知るために、必ず来いよ！　葵！」

葵はびくっとし、すぐに顔をそらし、前を向いてしまった。

うつむきかげんの後ろ姿を見送りながら、是光は心の中でも葵に呼びかけていた。

(来るんだぞ、葵。ヒカルがおまえに渡したかったものを、おまえは受け取る権利があるんだ)

そして、ヒカルも——。

是光の横に立ち、祈るようにつぶやいた。

「待ってるよ。葵さん」

六章　あの星が、微笑みかけてくれたなら

「お誕生日、おめでとう、葵《あおい》」

フランスから取り寄せた花模様《はなもよう》のカーテンを開けながら、シンプルなシルクのパジャマに身を包んだ朝衣《あさい》が、葵のほうを振り返る。

葵はベッドで目をこすった。

日曜日の朝。

窓からこぼれる光は、まぶしく澄んでいて、外は快晴のようだった。

朝衣は、土曜の夜から葵の家に泊まっている。

今日は葵のために、ケーキや料理を作ってくれるという。その下ごしらえを昨日からしていた。

しっかり者の幼なじみは、実際は数ヶ月ほど年下のはずなのに、昔から葵より背が高く、葵より賢《かしこ》く、葵より強くてしっかりしていて、実の姉のように葵の世話《せわ》を焼くのだった。

葵の両親も、朝衣に絶大な信頼を寄せている。

朝衣が家に来て挨拶《あいさつ》するたび、

「葵がいつも、お世話になって」

とか、

「朝ちゃんがついていれば、安心だわ」

とか、

「これからも、葵のことをよろしく頼むよ」

などと言うのだった。

「朝食は、軽めにしましょう。フルーツヨーグルトと、砂糖抜きのパンケーキを焼いてあげる。うんと薄いやつ。それなら葵も食べられるでしょう。体を冷やさないように、野菜のスープもつけるわ」

朝衣が、てきぱきと物事を決めてゆく。

葵は、ただそれに従えばいい。

裾《すそ》に細かなレースをあしらったネグリジェから、肌触《はだざわ》りのいいコットンのワンピースに着替える。

その服も、朝衣と買い物に行ったとき、

『これがいいわ。葵にぴったりよ』

と、朝衣が選んだものだ。

昔から、朝衣の言うとおりにしていれば間違いはない。

そう、ヒカルのことも——。

——ヒカルの浮気癖《うわきぐせ》は一生直らないわ。ヒカルは、いつでも新しい恋をしていなければ、生きていけないのよ。

と、朝衣は硬く厳《きび》しい表情で、そんな風にヒカルのことを語っていた。

子供の頃、いつも三人で遊んでいたのに、朝衣はヒカルに対して容赦《ようしゃ》がない。葵には甘いのに、ヒカルに対しては言葉も態度も冷ややかなのだった。

——葵には、ヒカルは合わないわ。

とも、朝衣は言った。

——ヒカルは、葵一人だけを大事に守ってゆくような、誠実な男じゃないもの。これからも大勢の女たちと浅はかな恋を繰《く》り返《かえ》して、葵を傷つけるわ。

その通りだと、葵は思った。

朝ちゃんの言葉は、いつも正しい。

——おじさまにお願いして、ヒカルとの婚約は解消するべきよ。わたしから頼んであげましょうか。

なのに、その言葉にだけは、どうしてもうなずけなかった。

もともと名前だけの婚約者ですもの。わざわざ解消しなくても、ヒカルはわたしと結婚する気なんてないはずです。

もちろん、わたしもヒカルの妻になんかなりません。

口ではそう言っていたけど、正式に婚約を解消することは、したくなかった。

朝衣は、何度も、解消すべきだと言ったのに。

そうすればもう、嫌な思いも、辛《つら》い思いもすることはないのだからと。

朝衣の言うとおりにしていれば、ヒカルが死んだとき、あんなに苦しまずにすんだのだろうか。

今も、こんなに、胸が抉《えぐ》られているように痛くはならなかったのだろうか。夜も、ベッドの中で、息が止まってしまいそうに苦しくなったりしなかったのだろうか。
ヒカルが亡くなった前日に届いたライラックの枝は、ヒカルの死の知らせを聞いてすぐ、折って捨ててしまった。
結んであった手紙も、破いてしまった。

『これは、ぼくから葵さんへの、ひとつめの誕生日プレゼントです。
葵さんの十七歳の誕生日に、あと六つ、プレゼントを贈《おく》ります』
あんな約束に心をはずませていたことが、悔しくて——体が裂《さ》けそうで——。
ヒカルが最悪の形で、約束を破ったことが許せなくて。

——嘘《うそ》つき！

手紙を破きながら、枝を折りながら、掠《かす》れる声で何度も言った。

——嘘つき！　嘘つき！

だから、ヒカルの友達だという是光《これみつ》がいきなり葵の前に現れて、ヒカルの代わりに自分が葵の誕生日を祝《いわ》うと告げたときも、怒りしか沸《わ》かなかった。

しかも是光は、派手《はで》な赤い髪《かみ》で、野良犬みたいな鋭《するど》い目つきをしていて、言葉遣《ことばづか》いも乱暴で――あんな野蛮《やばん》な人がヒカルの友達だなんて思えなかった。

きっと、朝ちゃんが言うように、わたしを騙《だま》そうとしているんだわ。

わたしを世間知らずだと思って、バカにしているんだ。

ヒカルの気持ちを伝えたいなんて言葉、絶対に信じない。

そう思っていたのに……。

――ふたつ目のプ、レ、ゼ、ン、ト、だ！

まっすぐに葵に向けられた、熱い目。

伸ばされた手。

――遊園地のチケットだ！　日曜日、一緒に行こう！

封筒に入ったチケットを葵に押しつけて、真剣そのものの声で叫んだ。

——待ってる！　絶対待ってるから！　ちゃんと来いよ！　残り五つのプレゼントも、その日、渡すから！

ベッドに浅く腰かけたまま、表面に花を彫《ほ》ったアンティークな引き出しを、心細い気持ちで見つめる。

そこに、金曜日に渡された遊園地のチケットがある。

朝衣にはもう捨てたと言ったけど、捨てられなかった。

ヒカルとの婚約を解消できなかったように。

——ヒカルの気持ちを知るために、来いよ！　葵！

ヒカルの気持ち。

そんなもの、本当にあるの？

名ばかりの婚約者のわたしに、ヒカルは、どんな気持ちを抱《いだ》いていたというの？

ヒカルが生きていたとき、ヒカルは息をするように、『葵さんは可愛《かわい》いね、大好きだよ』と口にした。それは、ヒカルにとっては挨拶みたいなもので、他の女の人たちにも言っているのだとわかったから、バカにされているみたいで腹が立って、

――ヒカルの〝好き〟は信じられません。

と、頬《ほお》をふくらませて睨《にら》んだら、葵の瞳《ひとみ》をじっとのぞき込んで、天使みたいに微笑《ほほえ》んで、言ったのだ。

――どうしたら、ぼくが葵さんを心から好きだって、信じてもらえる？

――ならば、今すぐお空の星を降らせてください。そのくらいしていただかなくては、ヒカルの言葉なんて、とても信用できません。いつも、いい加減《かげん》なことばかり言って、わたしをからかうんですもの。

背中を向けてしまった葵に、ヒカルは笑みを含んだ声で、

――じゃあ、葵さんに『大好きだよ』って告白するときは、星を降らせる方法を考え

なきゃ。

と、ふざけたことを言っていた。

星を降らせるなんて、できるわけないのに。

「……だから、ヒカルの気持ちなんて……わたしへの気持ちなんて、空から星が落ちてくるぐらい、ありっこ……ないんです」

掠れた声でつぶやいたとたん、胸が破けそうになった。

飼い猫のシェルブールが、ぶみぶみ鳴きながら膝《ひざ》に乗ってくる。

肥満気味《ひまんぎみ》で、白と黒のブチ模様が牛のようで、顔も潰《つぶ》れている。決して美猫ではない。けど、段ボール箱に入れられ、公園で雨に濡《ぬ》れているのを見つけたときから、この猫がとても好きだった。

どっしりと重い体を、葵はぎゅっと抱きしめた。

(ヒカルの本当の気持ちなんて……わたしは、知りたくない)

◇　◇　◇

「だ〰〰〰〰〰〰っ、来ねぇ！」

午後一時十五分。

是光は、駅の改札前で、わめいていた。

改札を通り過ぎる人たちが、びくっと飛び上がり、是光を避《さ》けるように離れてゆく。

「くそ、もう十五分も過ぎてるぞ。葵のやつ、ばっくれる気じゃ」

「女の子だから、支度《したく》に時間がかかっているのかもしれないよ。ぼくは最高で六時間待ったことあるし」

「って、よく待ったな。つーより、相手もよく六時間も過ぎて、ぬけぬけと現れたな」

是光はあきれた。

しかし、待ち合わせというものを滅多《めった》にしたことがなく、待つことに耐性のない是光にとっては十五分でも長すぎる。

「念のため訊《き》くが、葵は、支度に気合いが入りすぎて遅刻《ちこく》するタイプか？」

「ううん、三十分前に辿《たど》り着《つ》いて、その辺をうろうろして、十分前に待ち合わせ場所に戻ってきて、相手が現れたら、たまたま早く着いちゃっただけよって、口を尖《とが》らせて主張するタイプ」

「ダメじゃん！」

是光は、改札を通り抜け、ちょうど来た電車に乗り込んだ。

もう待ってらんねー！

「来ないもんは、迎えに行ってやる！」

電車の乗客が、一斉に是光のほうを見た。

◇　◇　◇

「そろそろケーキが焼き上がる頃かしら」

白いテーブルの向かい側で、薄いサンドイッチをつまみながら紅茶を飲んでいた朝衣が、時計を見て言う。

一時四十五分。

葵の心臓《しんぞう》が、ズキリと痛む。

是光との約束の時間は、一時だ。

きっともう、怒って帰ってしまっただろう。

サンドイッチも紅茶も口にする気になれず、シェルブールを抱きしめたまま、うつむいている。

(本当にこれでよかったの？)

朝衣は、あんな男の言葉は聞く必要がないと言っていた。

(でも)

金曜日。保健室で目覚めたとき、朝衣はミルクセーキの缶を持っていた。

「ぬるくなったから、美味《おい》しくないかもしれないわよ」

と、そっけなく葵に渡した。

朝衣は、学校の自動販売機のミルクセーキは、添加物《てんかぶつ》と砂糖を、牛乳のようなもので溶《と》いた体によくない飲み物だから、飲まないほうがいいと嫌っていた。

確かに、決して上品な味わいではないけれど、家では飲めないはっきりした甘さが好きで、葵は朝衣に内緒《ないしょ》で、ときどき購入して飲んでいたのだ。

「いいえ、いただきます。ありがとう、朝ちゃん」

ミルクセーキはすっかりさめていたけれど、疲れていた体に優しく染みこんでゆくようだった。

葵がミルクセーキを飲む間、朝衣はどことなく厳しい眼差《まなざ》しで見守っていた。

あのミルクセーキは、朝衣が葵のために購入したものだったのだろうか。

もしかしたら、是光が置いていってくれたんじゃないか。

ヒカルが、ときどき、

『朝ちゃんには内緒だよ』

とささやいて、葵にミルクセーキの缶を渡してくれたように。

『子供扱いしないでくださいっ。ミルクセーキが好きだったのは、小学校低学年までです』

と、そのたび頰を熱くして反論したけれど、ヒカルが葵に渡すのは、珈琲《コーヒー》やウーロン茶ではなく、いつもミルクセーキなのだった。

きっと、葵が今でもミルクセーキが大好きなことを、知っていたから。

だから、保健室で飲んだあのミルクセーキは朝衣ではなく、是光が――。

(ううん、考えたらダメです)

約束の時間は、とっくに過ぎてしまったし、考えてもどうにもならない。

辛いだけだ。

そう、ヒカルが亡くなったとき、ヒカルのことはもう考えない――ヒカルを忘れると決めたように。

「ケーキを見てくるわね」

朝衣が部屋を出てゆく。

シェルブールの顔に頰ずりをし、シェルブールが心配そうに、「ぶみぃ?」と鳴いたとき。

突然、ドレッサーの上に置いてあった葵の携帯《けいたい》が鳴った。

手にとって、着信を見る。

知らない番号だ。

いつもなら、無視して出ない。

けど、もしかしたら——という予感が突き上げ、通話ボタンを押した。

「おいこら、葵！」

いきなり、がさつな声が聞こえてくる。

「約束の時間、過ぎちまったぞ！」

何故《なぜ》、是光が葵の携帯の番号を知っているのか。

そんなことどうでもよくて、是光の声を聞いたとたん、なんだか胸が震《ふる》えて——それも、怖いとか迷惑《めいわく》とかではなく、なにか別の感情で——。

「今、おまえんちの前からかけてる。チケット持って今すぐ出て来い！」

是光の声は、がさつで乱暴だけど、一生懸命《いっしょうけんめい》だった。

学園の林で、葵がヒカルのファンに囲まれて、ぶたれそうになったときに駆けつけてくれたときも、やっぱり一生懸命で、必死な声で、

『やめろ——っ！』

と叫んで、葵の前に飛び込んできてくれた。

葵が自分の中の醜《みにく》さをさらしても、どこまでも追いかけてきてくれた。

「ぶみー」

床におろされたシェルブールが、不満そうに鳴く。

引き出しを開け、チケットの入った封筒を手に握りしめると、鞄《かばん》も携帯も財布《さいふ》も定期も持たずに、部屋を飛び出し、玄関《げんかん》に向かって駆け出していた。

台所から、バターと砂糖の甘い香りが流れてくる。

朝衣が、ケーキをオーブンから出したのだろう。

(ごめんなさい、朝ちゃん)

玄関でもどかしくサンダルのベルトを止め、ドアを開ける。

門までの長い距離《きょり》を夢中で走って、ようやく家の外へ辿り着くと、門のすぐ脇《わき》に、携帯を耳にあてた是光が立っていた。

「遅《おせ》ぇぞ」

口を曲げ、野良犬みたいな目で葵を睨み、ぶっきらぼうな声で、ぼそっと言う。

葵は、胸がいっぱいになった。

喉《のど》に様々な感情が込み上げて、是光を見つめたまま、小さく震えている。

「よぉーし、チケット持ってんな。じゃ行くぞ」

葵は動けない。

是光が顔をしかめる。

「かーっ、まだ迷ってんのか」

「……です」

「へ？」

「あんまり驚《おどろ》いて、足が動かないんです……っ。あなたのせいですっ」

喉やまぶたが熱くなって、いろんなことに収拾がつかなくて、泣きそうになりながら文句を言う。

「ったく、お嬢様《じょうさま》は、世話が焼けるな」

「あなたに世話をされた覚えは——きゃっ」

葵の口から、小さな悲鳴がこぼれた。

是光が、葵を抱き上げたのだ。

葵の足が宙を泳ぐ。

「な、なななななな、なにを！」

葵をお姫様ダッコすると、是光はそのまま走り出した。

「やっ、なにするんですか！　おろしてください！」

「足、動かねーんだろ！　だから、運んでやる！　ぐずぐずしてたら誕生日が終わっちまうぜ！」

「だからってこんなのっ、非常識です！　やめてください」

「もう、いっぺん運んでんだから、おとなしく運ばれてろ。それに、あんた軽いから、全然平気だ」

い、いっぺん運んでるって——。

是光の言葉に、顔が赤らむ。

そういえば、この前階段で倒れたとき、気がついたら保健室で眠っていて——朝衣は葵が保健室に運び込まれるまでの状況を詳《くわ》しく語らなかったけど、ひょっとして、あのときも——！

顔だけでなく、耳も、首筋も、頭も、すべてが発火したように熱くなる。

是光に横抱きされて、体が揺れて落ちそうになって、思わず是光の首にしがみつきながら、ヒカルに同じようにお姫様ダッコされたときのことを、思い出してしまう。

去年、朝衣の家の別荘にあるテニスコートで葵が足をくじいたとき、テニスウェアの葵を、ヒカルが優しく抱き上げて、部屋の中まで運んでくれた。

こんな痛み、たいしたことありません、一人で歩けます！　子供みたいにダッコするのはやめてください。

顔を赤くして怒る葵に、ヒカルは優しく微笑んだのだ。

——でも、葵さんは、ぼくの大事な女の子だから。

恥ずかしくて、嬉《うれ》しくて、そんな自分に腹が立って、唇《くちびる》を引き結んで不機嫌《ふきげん》そうにうつむいた。

林で、是光が庇《かば》ってくれたとき、ヒカルのことを思い出した。


——こいつは大事な女なんだ！


是光がヒカルと同じことを言うから、胸を貫《つらぬ》かれて、動揺《どうよう》して混乱して、どうしていいのかわからなくなってしまった。

思い出したくないのに。

ヒカルのやわらかな微笑みも、ふくよかな声も、優しい手も、まぶしいような眼差しも、仕草《しぐさ》も、ヒカルがくれた言葉も、痛みも、全部——なにもかも忘れてしまいたいのに。


なのに、是光の腕の中で、体が揺れて、心が揺れて、景色が変わって、風が頬にあたって、どんどん思い出してしまう。

子供の頃、はじめてヒカルと会ったとき、まるで天使みたいに綺麗《きれい》で可愛くて、『ぼくと遊んでくれる？』と言われても、恥ずかしくて、まともに話も出来なかった。

ヒカルの家へ行くときは、いつも朝衣と一緒で、ヒカルは朝衣と話しているときのほうが楽しそうに見えた。

朝ちゃんは、わたしより賢いし、大人だし、朝ちゃんのほうがヒカルとお似合《にあ》いなんじゃないかしら。

そんな気持ちが、消えなかった。

朝衣は、ヒカルに対して辛辣《しんらつ》な口をきくけれど、それでもヒカルと朝衣の間には、お互いだけに通じている、特別な絆《きずな》のようなものがあるのではないかという不安を、ずっと抱《いだ》いていた。

たとえば、女の子たちと遊び歩くヒカルを面と向かって非難《ひなん》しながら、決して動揺はせず、

「また悪い癖がはじまったわね。今度の恋はどれくらいもつのかしら」

と冷静に口にするとき。

それに対してヒカルが、おだやかな微笑みを浮かべて、

「どの恋も、どの花も、永遠にぼくの心の中で咲き続けているよ」

と答えるとき。

嫉妬《しっと》や言い訳など二人には必要ないほど、理解し合っているような気がして、胸が疼《うず》いた。

葵は、ヒカルと会うたび嫌味《いやみ》ばかり言ってしまう。

だって、いつも別の女性と一緒だったから。

朝衣みたいに、冷静ではいられない。

ヒカルにとって、朝衣はきっと他の女たちとは違う——特別な存在だ。

けど、葵のことなんて、親の決めた可愛げのない婚約者くらいにしか思ってない。ヒカルを惹《ひ》きつける魅力《みりょく》は葵にはない。

なのに、まぶしく笑いかけてくる。

おだやかな愛情のこもった声で、語りかけてくる。

いたずらっぽい眼差しで、ミルクセーキの缶を手渡してくれる。

思わせぶりなことを軽々しく口にして、葵を混乱させる。

ヒカルはひどい。

ヒカルはずるい。

わたしが、ヒカルのように異性に慣れてないからって、バカにして。

頭に来て、胸の中が揺れ動いて、顔が熱くなって、ヒカルが優しくしてくれるたび、つっけんどんな態度をとってしまう。

ヒカルの前で飲む珈琲は苦くて、自分が大嫌いで惨《みじ》めになる。


——嘘つき！

白い花々に囲まれて天使のように微笑むヒカルの遺影《いえい》を見上げながら叫んだとき、あなたのことなんて、全部忘れてあげますと、誓《ちか》ったのに。

そうしなければ、心を保てなかった。

もうヒカルがいないのだという絶望に、耐えられなかった。

誕生日なんて、一生祝わない。

男の人の言葉も、二度と信じない。

そう思っていたのに。


ヒカルの友達に抱かれたまま、駅前に辿り着く。

人通りが増え、みんながじろじろこちらを見ている。なんだドラマの撮影《さつえい》か？　などという声も聞こえてくる。

「もう、大丈夫です。……一人で歩けます。お、おろしてください」

蚊《か》の鳴くような声で、お願いする。

「そっか？」

是光が、そっと腕を下げ、腰をかがめる。

ちらりと見た是光の横顔は、汗で濡れていた。

「あ、わたし、お財布持ってきませんでした」

「誕生日だから、おごる」

そう言って、是光が電車の切符《きっぷ》を買って葵に渡す。


――ぼくのおごりだよ。


ヒカルに、ミルクセーキの缶を差し出されたときのことをまた思い出してしまって、胸がドキンとする。

「ありがとうございます」

ヒカルと是光は、全然似てないのに。

意識してしまって、恥ずかしくて顔を上げられない。首筋が熱い。

改札を通り抜けたとき、是光が葵の手を握った。

「電車、来たみたいだぞ」

「あ、あのっ、手――」

あたふたする葵に、是光も照れくさそうに、むくれたように、

「その、繋《つな》げって言うからさ」

斜め上をちらりと見た。

「ヒカルが」

――手、繋ごうか、葵さん。


笑顔で差し出された、細く白い手を思い出して、葵は胸がきゅーっとした。

みんなで山へピクニックへ行ったときや、海へ泳ぎに行ったとき、ヒカルにそう言われるたびに、結構ですと断ってばかりいた。

是光の手は汗ばんでいて、硬かった。

子供の頃に繋いだヒカルの手は、もっとすべすべしていて、やわらかだった。

それでも、ふれあっている手のひらや指から、あたたかさや緊張《きんちょう》が伝わってきて、葵も是光の手を、ぎゅっと、握り返した。

是光が目を見張る。

葵は、恥ずかしくて視線をそらす。

電車に乗っている間も、ずっと手を繋いでいた。

◇　◇　◇

遊園地のゲートをくぐって、最初に乗ったのはジェットコースターだった。

「わたし、絶叫系はちょっと」

「大丈夫だって。ジェットコースターのレールが折れたとか、コースターが空中分解したとか、レールの先まですっ飛んでったとか、聞かねーだろ」

「想像して、ますます不安になりますから、そーゆーこと言わないでくださいっ」

「だから、レールが折れたら大事件だから、ありえねーって」

「あああああ、やめてください。今、わたしの頭の中で、レールがまっぷたつに折れました」

順番待ちの列に並ぶ間、そんなやりとりを交わす。

いよいよ席に座り、安全バーをつけて、

「やっぱり、おりますっ」

「おい、往生際《おうじょうぎわ》が悪いぞ」

怯《おび》える葵の手を、是光が握る。

コースターが動き出す。

「いやーっ、落ちます、絶対、落ちます。落ちるような気がします」

「不吉なこと言うのやめろー。俺までびびってきただろ」

「ほら、やっぱり落ちるんです〜〜〜〜〜〜」

「なにが、やっぱりなんだ」

がたんっと強めに振動《しんどう》し、コースターが一気に落ちる。

「きゃ〰〰〰〰〰〰っ！」

葵の口から絶叫がほとばしる。

まるで命綱《いのちづな》であるかのように、是光の手をぎゅっと握りしめる。

その是光も、

「うお〰〰〰〰〰〰〰っ！」

と叫んでいる。

落ちたコースターが加速度をつけて上がり、ぐるりと回転する。もう二人とも叫びまくりだった。

「いや〰〰〰〰〰〰っ！　落ちちゃいます〰〰〰〰〰！」

「うああああああああ！」

ようやく、コースターが止まる。

葵は腰が抜けて、コースターからなかなか降りることができなかった。

是光に支えられて、ようやく地面に足がつく。

「も、あんな野蛮な乗り物……一生……乗りません」

涙目の葵に、

「楽しそうに、きゃーきゃー騒《さわ》いでたじゃねーか」

「あれは、恐怖に震えてたんですっ！　あなたこそ、情けなく叫んでいたじゃありませんか」

「まぁ、ジェットコースターなんか乗ったの小学生以来だから、ちょっとびびったかな。けど、ジェットコースターって、絶叫系ってゆーくらいだから、思いっきし叫んだり、わめいたりするもんだろ。怖くなかったら、つまんねーと思うぞ」

是光がそう言って、写真を差し出す。

「ほら、楽しそうに写ってるじゃねーか」

それは、乗車口付近で販売されていたジェットコースターに乗車している最中の姿を捉《とら》えた写真だった。

葵は是光の手をしっかり握りしめ、口を大きく開けて、目をむいている。

「やっ、こんな、おかしな顔っ」

耳まで赤くなってしまう。

「なに言ってんだ。普段のふくれっ面より、ずっといいぜ」

是光がポケットから金色のサインペンを出して、写真に書き込みをする。きらきら光る文字は、是光の外見からはまったく想像できないほど、美しく整っている。

そんな字で、

『びっくりした顔も可愛い、十七歳の葵さん』

と恥ずかしそうに唸《うな》りながら書いて、絶叫している葵の顔に矢印をつけ、
『お誕生日おめでとう』
と結んだ。
それを、赤い顔で葵に差し出す。
「三つ目の誕生日プレゼントだ」
葵は目を見張ったまま、両手で受け取った。

——葵さんのびっくりした顔、可愛いね。

自宅の庭で、名前を呼ばれて振り返った葵の顔に、いきなり鼻の潰れたホルスタイン模様のデブ猫を突きつけ、驚く葵に向かって、甘い目をしてそんな風に言ったヒカル。

——この猫、ぼくが公園で拾ったんだけど、男の子より女の子のほうが好きみたいだから、葵さんが飼ってくれないかな。おじさんたちには了承《りょうしょう》をもらったから。

葵が、段ボールに入れられて捨てられていた猫に、こっそり餌《えさ》をあげていたことを、ヒカルは知っていたのだろう。

余計なことしないでください。ちゃんと、わたしからお父様に頼むつもりだったんですから。

と、強がった。

ヒカルはそんな葵に、気分を害した様子も見せず、

——さっきの葵さん、目がまんまるで、とっても可愛かったよ。写真を撮《と》っておけばよかった。

と、笑っていた。

そんなおかしな顔が、可愛いわけありません！　からかわないでください！　と自分の家の子になったぶち猫をぎゅーっと抱きしめて、食ってかかった。

ジェットコースターの絶叫写真を見ながら、シェルブールが家に来た日のことを思い出して、泣いてしまいそうになる。

ヒカルは、あのことを、覚えていてくれたのかしら。

普段の自分と違う、目をむいて大口を開けた写真を、葵は胸の真ん中にぎゅっと押し当てた。

切なさだけではない、甘酸《あまず》っぱい想いが胸の奥に広がってゆく。

「さ、次だ！　まだまだプレゼントがあるぞ！　どんどん行こうぜ！」

是光が葵の手をとって、コーヒーカップのほうへ連れて行く。今度は絶叫系ではないようで、ホッとする。

ところが、是光がカップのハンドルを回しすぎて、カップが高速回転し、葵は目が回ってしまった。

足がよろめき、頭もぐらぐらする。

吐き気も込み上げてきた。

「って――悪かったな。つい物珍《ものめずら》しくて」

是光が焦《あせ》って謝《あやま》る。

カップの柵のかたわらにあるベンチに、ぐったりとしゃがみ込む葵に、

「ハンカチ、濡らしてくる」

と言って、走ってゆく。

そこまで気を遣《つか》っていただかなくても大丈夫です――と言おうとしたときには、あざやかな赤い髪は、人混みの向こうに消えていた。

是光を待つ間、何故だか胸がずっとドキドキしていた。

まるで、ヒカルと一緒にいるときみたいに。

ヒカルはもう、この世にいない。

わかってる。

けど、もし——もしもヒカルが、葵の十七歳の誕生日を祝ってくれたのなら——きっとこんな感じだったんじゃないか。

写真にメッセージを書いて、いたずらっぽい眼差しで葵に差し出して、頰をふくらませて文句を言う葵に、『えー、すごく可愛いよ』と笑ってみせたのではないか——。

そう思うだけで、鼓動《こどう》が高まる。

やがて、是光が息を切らして戻ってきて、冷たいハンカチを差し出した。

「ありがとうございます」

もう気分は落ち着いていたのだが、葵はお礼を言って受け取った。

木綿《もめん》の——大きなベージュのハンカチだ。頰にあてると、ひんやりして、すごく気持ちがいい。

思わず目を閉じる。

と、ふわりと花の香りがした。

目を開けると、是光が真っ赤な顔で、小さな花束を差し出していた。

「四つ目だ」

と、やっぱり恥ずかしそうに、ぶっきらぼうに——けれど葵の目をじっと睨みつけて言う。

「ありがとうございます」

ピンクのガーベラと赤い薔薇《ばら》のつぼみを、かすみ草が包んでいる。可憐《かれん》な花束を受け取ると、真ん中に、淡いピンク色のケースが隠れていた。

花束を膝に置いて、ケースを開ける。

すると、可愛らしいペンダントが現れた。

溜息《ためいき》が唇からこぼれる。

華奢《きゃしゃ》な銀色の鎖《くさり》のトップは、神秘的な乳白色の光を放つムーンストーンだ。

「そのペンダントは、ヒカルが選んで、遊園地の花屋にあずかってもらってたんだぞ」

「ヒカルが……」

是光が、葵の手からペンダントをとって、首にかけてくれようとする。

そんなことをするのは、多分是光にとってはじめてのことなのだろう。

小さな留《と》め金《がね》をはずす段階で、汗をかいて悪戦苦闘《あくせんくとう》し、それを葵の首に回してからも、鎖を髪にからめてしまったり、留め金をうまくはめられなかったり、やっと留めたと思ったら、鎖が途中《とちゅう》でねじれていて、やり直しだったり、唸りながら必死に取り組んでいた。

その間、葵は、是光の胸に顔をくっつけるようにしながら、自分で留められますって言ったほうがよかったのかしら。でも、一生懸命頑張《がんば》ってくださっているのだから、そんなこと言ったら申し訳ないわと、頰を熱くし、心臓の鼓動をますます速めていた。

ようやくつけ終えて、是光も葵も、ホッとした顔になる。

「誕生日おめでとう。ペンダント似合うな」

汗だくの是光が言う。

——葵さん、お姫様みたいだよ。

子供の頃、野原で白詰草《しろつめくさ》の冠《かんむり》を編んでくれたヒカル。

葵の頭に載せて、無邪気《むじゃき》にそう言った。

自分より可愛い顔をした男の子に、そんなことを言われても嬉しくないわ、と思いながら、頰が熱くなって、

——ヒカルのお姫様は、他にもたくさんいるでしょう。

と、ふくれっ面をしてみせたのだった。

あのとき、ヒカルはちょっぴり困っているみたいな顔で眉《まゆ》を下げていた。

そんなことを、今、思い出す。

ヒカルと過ごした日のことを、ヒカルが葵にくれた言葉を、ヒカルがどんな目で葵を見ていたか、どんな風に笑ってくれたのか、次々思い出す。

是光が、葵の手をとる。

「次、行こうぜ」

「はい」

是光とヒカルは顔立ちも口調も、正反対といっていいほど違う。

なのに——なのに何故、是光を通して、こんなにもヒカルの姿が浮かぶのだろう。涼やかで、ふくよかなあの声が、耳の奥でやわらかく響《ひび》くのだろう。

胸が高鳴るのだろう。

是光に手を握られて、次に辿り着いたのは、園内にあるレストランだった。

アリスがお茶会でも開いていそうなメルヘンチックな内装《ないそう》で、黒い執事服《しつじふく》の店員がうやうやしく出迎え、

「ご予約をいただいておりました帝門様《みかど》ですね。お待ちしておりました」

と、真ん中の席に案内してくれる。

そこに座ると、すぐに蠟燭《ろうそく》を立てた小さなケーキと一緒に、ガラスのコップに銀色の持ち手のついた器《うつわ》に入った、あたたかなミルクセーキが運ばれてきた。

蠟燭は、〝7〟の形のものが一本。〝1〟の形のものが一本ずつ乗っていて、上で炎が

揺らめいている。

「五つ目だ」

是光が言う。

「葵さんはミルクセーキが大好きだって、ヒカルが言ってた」

優しい目つきが、ヒカルとほんの少しだけ重なる。ヒカルもこんな目で、葵にミルクセーキの缶を渡してくれた。

「……わたしに、ミルクセーキの缶をくださったのは、あなたですか」

尋《たず》ねると、

「保健室で？　それならその……俺だけど。ヒカルが、そうしろって言ったから」

照れくさげに答えた。

やっぱりそうだったんだ。

ヒカルからミルクセーキの缶を渡されたときみたいに、胸の奥が甘くざわめく。

「それから、えーと……」

是光が急に言葉を濁《にご》す。

ムッとした顔で斜め上を見て、「ホントにやるのかよ」とつぶやき、今度は下を向いて唸り、急にまた顔を上げて葵に向かって言った。

「これが六つ目だ。くそっ」

真っ赤な顔の是光が、右腕を高々と上げ、指をぱちりと鳴らす。

すると、ハッピーバースデーのメロディが流れた。

それに合わせて、なんと是光が歌い出す。

「はぁっぴーばぁぁすで〜〜葵さん〜〜〜〜」

がさつで、乱暴で、見た目がヤンキーな少年が、首筋や耳や、目の中まで赤くして、声を張り上げる。

決してうまくはない。

音程が微妙《びみょう》にズレている。

けど、肩をいからせ、眉をつり上げ、全力で。

「はっぴばすで〜〜〜〜葵さん〜〜〜〜〜」

是光の歌声に、ヒカルの歌声が重なってゆく。

中学三年生のとき。

校内で開催《かいさい》された合唱コンクールのあと、葵はひどく落ち込んでいた。

その日、葵はクラスの合唱でピアノを弾《ひ》いたのだが、途中でミスをしてしまったのだ。

体育館のステージの隅《すみ》で一人膝を抱えていると、ヒカルがやってきて、隣《となり》に座り込み、

「葵さんのために歌います」

と言って、澄んだ声で歌いはじめたのだった。

――あ～おいさん。あ～おいさん、真っ白な花よ～～～～～～。

『エーデルワイス』と歌う部分を、『葵さん』と変えて、『恥ずかしいからやめてください』と葵が止めても、軽やかに――優しく、歌い続けた。

――かおれ朝の風に～。とわに咲けと～～～～～～。

――あ～おいさ～ん、あ～おいさん、きよ～く～光る～。ゆ～きに咲く花～～～～～～。

茜色《あかねいろ》に染まる体育館のステージ。

首を少しだけ傾《かたむ》けて明るい瞳で葵を見つめるヒカル。やわらかな髪が、金色に輝いていて――。

気がつくと、ヒカルの顔がすぐ近くにあって。

息がかかりそうなほど近くにあって。

眼差しが、優しくて、愛《いと》おしげで。

キス――されるんじゃないかって、ドキドキして。

もしかしたらって、ドキドキして。

そんなことありっこないのに、ヒカルも同じようにドキドキしているんじゃないかと思ってしまって、ますますドキドキして。

ありっこないのに。

ヒカルが、わたしにドキドキするなんて、ありっこないのに。

でも、
でも、
ヒカルの頬がほんの少しだけ、赤く染まっていて、
瞳が臆病《おくびょう》そうに揺れていて、心臓がはじけそうで——。

ヒカルがふっ……と澄んだ微笑みを浮かべて身を引くまで、呼吸することもできずに見つめていた。

また、わたしのこと、からかったんだわ。

そう思っても、胸の鼓動が止まらなかった。

（あのときヒカルは——）

ヒカルは本当は——。

（なにを考えていたの？）

わたしをからかっていたの？　それとも本当は——。

今――紅《くれない》に揺らめく炎の向こうで、その炎と同じくらい赤いぼさぼさ頭のヒカルの友達が、一生懸命に葵の誕生日を祝ってくれている。

「はっぴば～すで～でぃあ、葵さん～。はっぴば～すで～とぅゆ～」

ぎこちない歌声に、胸がいっぱいになって。息が震えて。

なかなかケーキの上の蠟燭の炎を、吹き消すことができなかった。

お店の人たちや他のお客さんが、拍手をしてくれる。

是光が思いきり恥ずかしそうにしかめっ面しながら、

「二度と、歌わねーからっ、特別だからなっ」

と連呼《れんこ》する。

「ありがとうございます。こんな素敵《すてき》なバースデーソングを聴いたのは……はじめてです」

葵が心の揺らめきを隠しながら精一杯嬉しそうに微笑むと、是光は、

「そっか」

と、視線をそらし口元を少しだけゆるめた。

そうしたあとですぐ、

「でも、もう歌わねーぞ」

と、念押しした。

甘さを抑えたバースデーケーキと、甘いミルクセーキの組み合わせも、葵をあたたかな、幸せな気持ちにさせた。

けど、

「あとひとつで、おしまいですね」

そうつぶやいたとたん、あのとき体育館のステージで、ヒカルが葵から身を引いたときと同じように、胸からすーっと熱が引いて、とても淋《さび》しい哀《かな》しい気持ちになった。

次で、七つ目。

それを受け取ったら、葵の誕生日は終わってしまう。

ここまでヒカルと葵を繋いでいた約束も、なくなってしまう。

是光もハッとしたあと、暗い顔になる。

葵と同じように、是光もこの時間が終わることを淋しく感じているのだろうか。

「そうだな。あとひとつだな」

と、自分に言い聞かせるようにつぶやく。

「……」

「……」

二人の間に沈黙が落ちた。お互いに視線をあわせることができず、うつむいてしまう。

白い皿に、上のほうが少し溶けた〝1〟〝7〟の蠟燭がぽつりと置いてある。

「あのさ」

是光が顔を上げる。

力のこもった眼差しで、赤い顔で、葵を見つめる。

「七つ目は、もうちょこっとだけ、あとなんだ。だからっ、それまで葵の乗りたいものに乗って、見たいもの見て、行きたいとこ行こうぜ！　そんで、めいっぱい楽しもうぜ」

葵も顔を上げ、微笑んだ。

この奇妙であたたかい時間は、もうすぐ終わる。

けど、それまでは——。

「はい」

葵は素直にうなずいた。


それから、普段なら絶対に乗らない絶叫系の乗り物に、いくつもチャレンジして。

「もう、一生乗りません、あんな体がひっくり返ったり、ぐるぐる回ったり、落っこちたりする乗り物は危険です」

と主張しながら、それでもまた、

「乗らずに文句を言うのは、気が引けますから、念のためあちらのバイキングも試してみます」

と別の絶叫マシーンを指さし、また涙目で叫ぶはめになり、

「結構懲《こ》りないやつだったんだな、あんた」

と是光に呆《あき》れられて、睨みながら、

「チャレンジャーなんです」

と、言い放った。

「そっか、じゃあ、あれもチャレンジしてみようぜ」

「ええっ、あれ、完全に逆立ちしてるじゃないですか。ぅうっ、ちゃ、チャレンジしますっ」

そんな葵を、是光はやっぱりヒカルが葵を見るときみたいな、おかしそうな——優しい目で見ていた。

そうして——。

「そろそろだな」

観覧車《かんらんしゃ》のボックスシートに向かい合わせに座って、窓から沈む夕日を見つめながら、

是光が憂《うれ》い顔《がお》でつぶやく。

　葵も覚悟を決めて、おしまいの時を待った。

◇　◇　◇

（もうすぐ、俺の役目も終わるんだな）

赤く染まった空を、観覧車の窓から眺めながら、是光は思った。

向かいの席では、葵が頬を輝かせ、うっとりした眼差しで夕日を見つめている。最後の時間を、心から楽しんでいるようだった。

（俺も、楽しかったぜ）

葵と――葵の隣に座っている、綺麗な顔の友人に話しかける。

ヒカルも、おだやかに微笑んでいる。

この数日間、波乱《はらん》の連続だった。

死んだヒカルが、いきなり風呂場《ふろば》に現れて、天井《てんじょう》にふわふわ浮いていて、心残りがあるから、協力してほしいなんて言い出して。

仕方なく引き受けたものの、葵はかたくなで、是光にまったく心を開こうとしなかった。

何度もチャレンジして、そのたびきつい言葉と、軽蔑《けいべつ》の視線をちょうだいした。

——これだから女は！

何度、祖父の口癖《くちぐせ》を叫んだか、わからない。

そのたびヒカルが、

——葵さんは、本当は素直なイイコなんだよ。すごく可愛い人なんだよ。

と、なだめて。

そんなヒカルも、葵の涙や従姉《いとこ》の朝衣の言葉に揺れて、弱気になったりもしていた。

けれど、今はこうして、是光とヒカルの二人で、葵の誕生日を祝っている。

夕暮れの光が、葵の小さな白い顔を赤く染めている。窓の外を見つめる葵の瞳が、きらきらと輝き、幼なさの残る唇が、ほころんでいる。

——葵さんは、可愛いねぇ。

今なら、ヒカルの言葉にうなずける。

（ああ、そうだな）

絶叫マシーンに乗って、声を張り上げている葵。腰が抜けて立てないのに、必死に強がったり、口で文句を言いながら、手をぎゅっと握ってきたり。

写真や花束を渡したときの、はにかんだ顔。

是光が、ペンダントを首につけてあげようと悪戦苦闘していたとき、是光の胸に顔がくっつきそうになって、うつむいた首筋が、真っ赤に染まっていたこと。

そのあと、嬉しそうににっこり笑ったこと。

ヤケクソでバースデーソングを歌う是光を、ほんの少し震えながら泣きそうな目で見ていたこと。

ミルクセーキのコップを持って、

「猫舌なんです」

と、ふーふーさましながら飲んでいたこと。

「甘くて、美味しいです」

と、幸せそうに目を細めたこと。

是光まで、幸せな甘い気持ちになったこと。

ときおり見せる、無言で訴《うった》えかけてくるようなうるんだ瞳にドキッとして、胸が甘酸っぽくなったこと。そんな心の動きが、とてつもなく特別で大切なものに思えたこと。

（ああ、そうだな、ヒカル）

（おまえの葵さんは、すっげー可愛いよ）

是光の目の前に並んで座っている二人は、お似合いのカップルだった。

素直で意地《いじ》っ張《ば》りで可愛い彼女と、そんな彼女を、ふんわりと包み込むように見守っている優しい彼氏。

幸せそうな二人。

けど、葵の目には、ヒカルの姿は見えないのだ。

それはとても辛いことのはずなのに。

ヒカルは微笑んでいる。

胸の奥が軋《きし》むように痛んで、切なさで体がひりひりしたけれど——。

（ヒカル、おまえの気持ちは、俺が伝えるからな）

心の中で、そう語りかけた。


観覧車が止まり、葵の手を壊《こわ》れ物《もの》を扱うように、そぉーっと取って、地上に降りる。

外は暗くなっていて、空に一番星が光っている。

園内がライトアップされ、家族連れの客が帰りはじめる。

是光は、葵の手をやわらかく握ったまま、遊園地の中央にある大きな噴水《ふんすい》の前までやってきた。

藍色《あいいろ》の空に向かって勢いよく吹き上がる水の柱と、飛び散る水滴と、その後ろに滝のように流れる水の壁《かべ》が、ブルーやピンクやレモンイエローの七色のライトを浴びて、夢のようにきらめいている。

葵は、言葉もなく見惚《みほ》れている。

白い横顔に光があたり、さらさらした長い黒髪も、いっそう艶《つや》めいて、可憐に見える。

ほっそりした姿が、虹色の光の中にとけてゆきそうだ。

ヒカルは噴水の前――是光たちの正面に立っていて、あたたかな眼差しで、葵を見つめていた。その目に、だんだんと切なさがにじんでゆく。

是光もヒカルの隣で、ヒカルの気持ちで、葵を見つめた。

ふいに、葵が噴水のほうを見つめたままつぶやいた。

「今日は、ヒカルの代わりにわたしの誕生日を祝ってくれて、ありがとうございます。はじめは、あなたがヒカルの友達だなんて、信じられませんでした。けど、あなたといると、なんだかヒカルがそばにいて、わたしに話しかけてくれているような気持ちになりました。今は、わかります」

葵が振り向き、是光を見上げる。

信頼のこもった瞳で、小さく微笑む。

「赤城《あかぎ》くんは、ヒカルの友達です」

胸が、痺《しび》れるように熱くなった。

体が内側から、甘く震えるようで。

葵のくれた言葉が、あの夜、星空の下でヒカルと肩を並べて歩いた大切な記憶と重なって、とけあってゆく。

俺は今、泣きそうな顔をしているだろうか。

けど、どれだけ嬉しくても、泣いてしまうわけにいかない。ヒカルの気持ちを、最後まで伝えなければ。

喉に込み上げる熱を飲み込み、是光は口を開いた。

「なら、ヒカルの友達の俺が、最後の七つ目の贈り物を、葵にやる。七つ目は――ヒカルの〝心〟だ」

葵がハッと目を見開く。

是光は胸がいっぱいになったまま、葵を見おろした。

葵の後ろに、ヒカルが立っている。

優しい――切ない、愛おしい眼差しで、葵を見つめている。

「ヒカルは子供の頃からずっと葵のことを気にかけていた。友達の俺が断言するんだから、嘘じゃない」

　是光の言葉を、葵は目を見開いたまま、息をのむようにして聞いている。

「葵の十七歳の誕生日を、ヒカルは、こんな風に祝いたかったんだ。葵を、びっくりさせて、喜ばせたかった。そして葵のことを本当はどう思っているかを、伝えたかったんだ」

　力のかぎり、是光は告げる。

　死んでもなお、心を残し、地上にとどまっていたヒカルの気持ちを。

　ヒカルの本当を。

「葵は、ヒカルの大切な女だった」

　葵の目に、涙と一緒に困惑《こんわく》が浮かぶ。

　信じられない。

　そんな風に顔をゆがめる葵に、ヒカルもまた告白する。

　生前は語られなかった、葵への想いを。

「葵さん。ぼくはずっと、葵さんとだけは軽い気持ちでつきあったらいけないと思っていたんだ。けど、信州の別荘へ行く前の日に、葵さんへのひとつ目のプレゼントを、花屋さんに頼んで手配したとき、ぼくは、葵さんと新しくはじめようって決めていたんだよ。あのとき、葵さんがぼくの最愛になればいいと、心から願っていた。葵さんとなら、きっと光に包まれているような、楽しい時を過ごせるだろうって。ぼくは、あのメッセージを、とても希望に満ちた幸福な気持ちで書いたんだよ」

振り返らない葵に向かって、葵には聞こえない言葉を、どこまでも優しい声で、切ない声で、ささやき続ける。

ヒカルの希望。

ヒカルの未来。

聖地に咲く白い花のような、大切な、大切な、葵――。

是光も伝える。

「葵はヒカルの特別だった。簡単に手を出しちゃいけない女だったんだ。葵のことを、心から大事に想っていたんだ。ヒカルの描《えが》く幸福な未来に、葵は絶対に必要な存在だった！　本当は葵と、もっともっと一緒にいたかったんだ！」

葵のまつげが、唇が、震える。

ヒカルが葵を後ろからそっと抱きしめ、愛おしさのこもる、深くやわらかな声で告げる。

「大好きだよ。葵さんが心から大好きだよ」

その言葉は、その告白は、葵の耳には聞こえないはずなのに――。

葵の両手がゆっくりと、

ゆっくりと、口もとへ向かう。

次の瞬間、噴水がひときわ高く夜空に向かって跳ね上がり、水を照らす虹色の照明が消えた。

代わりに吹き上がる水の上に、なだれ落ちる水の壁に、白く輝く無数のまたたきが、浮かび上がる。

それはまるで満天の星！

高く跳ね上がり落下し降りかかる水の粒は、空から星がきらめき、笑いながら、落ちてきたようで。

葵が、大きく目を見開く。

震える声で、

「……星が」

と、つぶやき、込み上げる嗚咽《おえつ》をこらえるように、両手を口にあてた！

——ぼくの声が聞こえたら、唇にふれて合図をして……。

その声が、今、ようやく届いたように。

泣きながら、唇に、指を！

ヒカルも目を細め、泣きそうな顔になった。そのままゆっくりと口元をほころばせ、あたたかな声で、優しい声で、ささやいた。

「葵さんに告白をするときは、星を降らせると約束したね。これで、ぼくの好きが本当だって、信じてもらえるかな」

葵が大きな瞳から、ぽろぽろ涙をこぼす。

唇に指をあてたまま、何度もしゃくり上げ、声を詰まらせ、

「……っ、わたしも……好きでしたっ」

掠れた声で告白した。

「わたしだって、ヒカルともっともっと、一緒にいたかったです……っ、ヒカルが大好きでした……っ。子供の頃からずっと、誰より一番、大好きでしたっ」

輝く水の帯が高く舞い、葵の頭上に、ヒカルの頭上に、約束の星をばらまく。きらきらと輝きながら、想いを伝えあった恋人たちの周囲で踊《おど》り、笑う。

是光の心も、光の粒を全身に浴びて空に飛び上がりそうだった。

本当は、七つ目のプレゼントは、葵へのキスだった。

噴水の前で、葵さんに告白して、うんと優しくキスをするはずだったんだよと——ヒカルはまぶしいほどの笑顔で話していた。

そうして、葵さんと本当の恋人同士になるのだと。

その先は、葵さんだけを大事に守ってゆくのだと。

もう、哀しませたりしない。手を繋いで、二人で新しいことをたくさんして、大切なものをたくさん見つけて、雨の日も晴れの日も、風の中を光の中を、笑いながら、愛しながら、一緒に歩いてゆくのだと。

はるかに広がる、美しい未来——愛しい未来。


——葵さんが、ぼくの最愛になったら、きっとぼくは最高に幸せだよ。

——葵さんが大好きだぁぁぁ！


ヒカルは葵の背中に寄《よ》り添《そ》い、耳元で別れの言葉をささやいている。

「意地っ張りで不器用な葵さんが、ぼくは本当に大好きだったよ。生きていたら、きっともっともっと好きになっていたよ。葵さんと、子供の頃みたいに、ピクニックや海水浴にも行きたかったよ。葵さんに、花冠を編んであげたかったよ」

葵も、ヒカルの名前を呼びながら泣き続けている。

キスは無理だ。

だから、泣きじゃくる葵を、是光はヒカルと一緒に抱きしめた。

ヒカルのぬくもりが、ヒカルの愛情が、是光を通して少しでも葵に伝わるように。

葵の体は、是光の胸にすっぽりおさまるほど細く小さく、力を入れたら壊してしまいそうで、そっとそっと抱きしめる。

「たくさん傷つけてごめんね、葵さん。どうか幸せになってね。葵さんの花を咲かせてね」

ヒカルの声も、掠れる。

もう、言葉にできない。

(葵、葵、これが、ヒカルの気持ちだ。ヒカルの心だ。葵への最後の誕生日プレゼントだ)

葵は是光の腕の中で、ヒカルの名前を呼びながら、泣いていた。

是光に抱かれているのに、ヒカルの腕に優しく抱きしめられているような気がして、

「ヒカル、ヒカル、ヒカル」

涙で掠れた声で、繰り返し呼びかける。

ヒカルは、葵の上に星を振りまいてくれた。

葵が好きだと、心から大好きだと、証明してくれた。葵の十七歳の誕生日に、最高の誕生日プレゼントをくれた。

そうして、葵も。

やっと、ヒカルを好きだと認められた。

子供の頃から、ずっと好きだった、大好きだった。小さな胸を、甘いものや、苦いものや、切ないものでいっぱいにして、ずっとヒカルを見ていた。

けど、ヒカルは朝衣とのほうがお似合いに思えて、朝衣のことは『朝ちゃん』と呼ぶのに、葵のことは『葵さん』と他人行儀《ぎょうぎ》に呼ぶから、素直になれなかった。

そのあとも、ヒカルの周りにはいつも綺麗な女の人たちがたくさんいて、憎まれ口ばかり叩《たた》いてしまった。

葵が描いた風景画には、本当はいつもヒカルがいたのに！

あの、誰《だれ》もいない体育館の絵も――あの光が射し込む階段の絵も、朝の昇降口も、夕暮れの自動販売機の前にも、ヒカルの姿があった。

葵のほうを見て、微笑んでいた。

「大好きでした、ヒカル……。大好き、大好き……大好き」

十年以上もの長い長い時間、胸にずっと溜め込んでいた〝大好き〟を、今、やっと口にできる。

赦《ゆる》される――解《と》き放《はな》たれる。

救われる。

あの絵にも、あの絵にも、ヒカルの姿を描き留めよう。ヒカルがどんな風に葵に笑いかけてくれたか。

どんな眼差しで見つめてくれたか。

自分の正直な気持ちを絵にしよう。ヒカルが生きていた証《あか》しを残そう。きっと今なら描けるはずだから。

さようなら、葵さん。

風のそよぎのように耳元をかすめていったのは、空耳だったのか。

声が嗄《か》れるほど喉を震わせ、涙をこぼし続ける葵を、ヒカルの優しい友達は黙って抱きしめてくれていた。

エピローグ

あのとき、地球《こ こ》で、きみと会えたこと

きみはやっぱりヒーローだったね、是光《これみつ》。

葵《あおい》さんに、ぼくの気持ちを伝えてくれて、ありがとう。

きみが、屋上でぼくを励《はげ》ましてくれなかったら、ぼくはきっと葵さんにプレゼントを渡せないままだったよ。

ねえ、是光。きみは多分気づいてなかっただろうけど、ぼくがきみと、学校の中庭の渡《わた》り廊《ろう》下《か》ではじめて言葉を交わしたとき、きみに、『古典の教科書を貸して』って言ったのは、きみに会いにゆく口実が欲しかったからなんだよ。

今度きみのクラスに教科書を借りにゆくよって、言ったのもそう。

あのとき、きみはわけがわからないって顔で、ぼくのことを見ていたね。

けど、ぼくは、きみに近づきたかった。

きみと親しくなりたかった。

何故《なぜ》そんな風に思ったのかって？

それは、きみがトラックに体当たりするのを、見ていたからだよ。

あれは、三月の終わり頃だったね。

道を歩いていたら、いきなり、

『じいさん！　危ない！　戻れ！』

って声が聞こえた。

驚《おどろ》いて振り向いたら、ぼくと同じ年頃の、真っ赤な髪《かみ》の男の子が、おじいさんを追いかけながら、

『危ない、じいさん、そっちじゃない！』

って、必死に叫んでいた。

トラックが突っ込んできて、おじいさんがひかれそうになったときも、きみは迷わずそちらへ飛び出して、おじいさんを庇《かば》うように突き転がして、代わりに自分がはねられていたね。

ぼくは、

『危ない！』

って叫んじゃったよ。

きみは救急車で病院に運ばれて、しばらく入院することになった。けど、他人のためにあんなに一生懸命《いっしょうけんめい》になれるきみを、とても素敵《すてき》だと思った。

だから、その交差点のヒーローが、高等部に入学してくる新一年生だってわかったとき、運命なんじゃないかって、すごく興奮《こうふん》してしまった。

きみの噂《うわさ》は、たくさん聞いたよ。

有名なヤンキーだとか、地獄《じごく》の狂犬とか、赤い悪魔って呼ばれてるとか、他校のヤンキーグループを全員半殺しにしたとか。

けど、ちっとも怖いと思わなかった。

だって、きみがヒーローだってことを、ぼくは知っていたから。

みんなが声をひそめて語るきみは、いつもたった一人で複数の相手に立ち向かっていて、弱い者をいじめたりもしなかった。

きっと不器用《ぶきよう》で、誤解されやすい人なんだなって、ますます好感を持ったし、きみが退院して登校してくる日を、心待ちにしていたんだよ。

だから、あの朝、きみがとうとう現れたって聞いたとき、庭のほうへ走って先回りして、あの渡り廊下の柱のところで、きみが通りかかるのを待っていたんだよ。

憧《あこが》れのヒーローと再会して、ぼくがどれだけうかれていたか、どうしたらきみと仲良くなれるかドキドキしながら考えていたか、きみは知らなかったろうね。

そうだ、きみが気に入ってくれたあの花も、ぼくが病院まで届けたんだよ。

あの花はコブシというんだ。

春の訪れを告げる、真っ白な凛《りん》とした花で、つぼみや枝のこぶが、こぶしのような形をしているところから、この名前がついたんだ。

花言葉は、〝あなたを歓迎《かんげい》します〟と、もう一つ。

〝友情〟だよ。

あの頃からずっと、ぼくはきみと、友達になりたかった。

だから、ぼくがきみのクラスに教科書を借りにいって、きみが教科書を貸してくれて、それをまた返しにいって、そのとき、

『ぼくの友達になってくれるかな』

ってお願いしようと思っていたんだよ。

それがきみへの、〝頼みごと〟だった。

ぼくは死んでしまったから、幽霊に友達になってほしいなんて頼まれても、きみが困るんじゃないかと思って、忘れちゃったって誤魔化《ごまか》していたけれど。

きみのほうから、友達だって言ってくれるなんて思わなかった。

あれは、本当に、これまで生きてきた中で、最良の出来事だった。

心の底から、嬉《うれ》しくて、幸《しあわ》せだった。

どうして、ぼくがきみに取り憑いたのか。

あの葬儀《そうぎ》の日、ぼくの写真が祭壇《さいだん》に飾《かざ》られていて、女の子たちがぼくの名前を呼びながら泣いていて、ぼくは彼女たちを慰《なぐさ》めてあげたいのに、どうにもできないことに絶望していた。

葵さんが『嘘《うそ》つき！』って叫んだときも、葵さんがとっても傷ついていることがわかって、どうにか約束をはたしたいって、必死だった。

なのに、ぼくの声は誰《だれ》の耳にも届かないし、ぼくの体は自由に動かない。このまま、魂《たましい》が地球を離れてしまうのかと思ったとき。

参列者の中に、きみを見つけたんだ。

夢中で、

『赤城《あかぎ》くん！』

って、叫んだ。

『ぼくを助けて！　力を貸して！　赤城くん！』

って。

あの交差点で、見知らぬおじいさんを体を張って助けたきみなら、ぼくのことも、助けてくれるんじゃないかと思ったんだ。

だから、

『赤城くん、赤城くん』

って何度も呼んだら、きみが足を止めて振り返ってくれた。

そのとき、どんなに頑張《がんば》っても動かなかった体が、きみのほうへすーっと引き寄せられていったんだ。

あのとき、きみはぼくの必死の呼び声に応《こた》えてくれた。

そうして、そのあとも、友達でもないぼくの一方的な願いを、迷惑《めいわく》がりながらきいてくれて、助けてくれた。

友達にまでなってくれた。

生きているうちに、この地球で、きみに会えてよかったよ、是光。

ありがとう。

本当にありがとう。

きみはぼくのヒーローで、最高の友達だ。


……………是光、泣いてるの？


約束だろう？

ぼくが宇宙へ旅立つとき、きみは笑って見送ってくれるって。

だから――。

◇　◇　◇

月曜日の朝。下駄箱《げたばこ》の前で、帆夏《ほのか》と出くわした是光は、深々と頭を下げた。

「本当に世話《せわ》になったな、式部《しきぶ》。ありがとう」

「やだっ、なによ、こんなとこであらたまって。ちょっと、顔上げてよ。誰かに見られたら、あたしがあんたのボスみたく見えるじゃない」

帆夏が、焦《あせ》っている様子で言う。

是光が顔を上げると、「うっ」と声を詰まらせ、少しだけもじもじしたあと、急に声をひそめて緊張気味《きんちょうぎみ》に、

「と、ところでさ、葵の上と……どうだったの。えっと、日曜日デートだったんだよね」

「……ああ」

是光の声が、掠《かす》れる。

昨日のことを思い出して、切ないような苦しいような気持ちになった。

とたんにまた帆夏が慌《あわ》て出す。

「あっ！　言いたくなければ、言わなくてもいいんだよ。やっぱり葵の上、来れなかっ

たんだね。あんたその……目、赤いし……。仕方ないよ、うん、人生そんなに甘くないって。あたしだってうまくいかないことがいっぱいあって」

「いや、遊園地には行った」

「そう、一人で」

帆夏が、目をうるませる。

「葵と二人で」

「えええっ！　ちょ、ちょっと、それ、うまくいったってこと？　あの葵の上と、恋人同士になったってこと？」

そこまで驚くことないだろうというほど、帆夏が目をむいてのけぞり、騒《さわ》ぎまくる。

是光は首を横に振った。

「恋人とか、そんなんじゃねーよ。ただ俺はあいつにどうしても伝えたいことがあって、それはきっちり伝えられたから、よかった」

「そっか……遊園地は、最後の思い出だったんだね」

「ああ」

「綺麗《きれい》に失恋できて、よかったね」

失恋ってなんだ？　と思ったが、帆夏はなにかじぃんとしているようだった。

手を伸ばし、是光の頭をよしよしと撫《な》でる。

やわらかな、優しい表情だった。髪にふれる手もなんだか気持ちよくて、

「……女ってさ」

いつもなら、さわるなと怒鳴《どな》るところなのに、つぶやきがこぼれる。

「え」

「俺、今まで、女ってろくでもねーと思ってたんだけど、認識改まった……。式部みたいなイイヤツもいるし」

「やだっ、そんな、あたしは……」

「女って……やわらかくて、可愛《かわい》いんだな……」

腕の中で、ヒカルの名前を呼びながら泣いていた葵を思い出し、胸の奥がこそばゆくなり、ぼそりと言う。

とたんに是光の頭を撫でていた帆夏の手がぴたりと止まり、頬《ほお》がみるみる赤くなる。

「！」

「抱きしめると、めちゃくちゃ細くて折れそうで」

「!!」

「本当は、キスする予定だったんだが……」

ぼんやりと回想する是光の膝《ひざ》に、帆夏のケリが入る。

「つた！　なんだ！」

「最低！　そそそそんなんだから、フラれるんだよ！」

真っ赤な顔でわめいて、早足でいなくなってしまった。

「なんだよっ、あいつは！」

やっぱり女はわけがわからんと思ったとき。


「おはようございます、赤城くん」


可愛らしい声がした。

そちらを見ると、葵が恥ずかしそうに立っていた。

「お、おはよう」

是光も、少しばかり照れながら挨拶《あいさつ》する。

「昨日は、ありがとうございました」

「夜、ちゃんと眠れたか」

泣きすぎたせいか葵の目はまだ赤い。けど、口元をやわらかくほころばせて、

「はい。朝食もしっかりいただきました」

と答えた。

「そっか」

是光も、葵と同じくらい赤い目で笑った。

「あの、わたし、ヒカルの絵を……描いてみようと思っているんです。完成したら、赤城くん、見てくれますか」

「おう」

即答すると、嬉しそうに目元をなごませて、

「約束ですよ」

と言って、やっぱり恥ずかしそうに去っていった。

そんな姿を、清々《すがすが》しい気持ちで見送る。

よかったな、ヒカル。

おまえの想いは、葵に届いたみたいだぞ。葵も元気になったし、おまえも安心して成《じょう》仏《ぶつ》できるな。

「葵さんって人物画描《か》けるのかな。小学生のとき葵さんが描いた朝ちゃんの似顔絵が相当ヒサンだったんだけど。あんな顔にされたら、やだなぁ」

「って、なんでまだいるんだーっ！」

天井《てんじょう》を指さして叫び、周りの生徒がびくっとする。

「おまえ、心残りがなくなったら成仏するんじゃなかったのかよ」

そのはずだった。

なのに、涼しい顔で是光の上を、ふよふよ浮遊している。

相変わらず風呂《ふろ》もトイレも一緒で、『もう、慣れたから気にしないよ～』などと爽《さわ》やかに微笑《ほほえ》む。

「なんで、そんなつやつやぴかぴかした顔で、学校来てんだよ！　髪とかさらさらなびかせてんだよ！」

こめかみを震《ふる》わせてわめく是光に、ヒカルが晴れやかな瞳《ひとみ》で、

「だってまだ是光に、笑い上戸《じょうご》の彼女を見つけてあげてないし。そんなに目が真っ赤になるほど泣かれたら、とても地球《ここ》から離れられないよ」

ヒカルの指摘《してき》に、頬がカァッと熱くなる。

ゆうべ、葵を家の近くまで送り届けたあと、しんみりと打ち明け話まではじめられて、いよいよ別れのときが来たのかと、ぼろ泣きする是光に、ヒカルは、

『約束だろう？　ぼくが宇宙へ旅立つとき、きみは笑って見送ってくれるって。

だから――きみは、そのときまでにその涙もろさをどうにかして、笑顔の練習をしなきゃね』

なんて言いやがったのだ。

「お、俺のことはどうでもいいんだよっ。彼女とかいらねーし」

「ぼくは、きみにも幸せになってほしいんだよ。それに……」

ヒカルの瞳が一瞬だけ翳《かげ》りを帯びる。なにかを隠すように、まつげをそっと伏せ、すぐにまた、明るく視線を上げた。

「実は心残りな女の子があと四、五人、いや、四、五十人くらいいて」

ほだされかけていた是光は、目をむいて叫んだ。

「なんだとぉ！」

「手伝ってくれるよね？　親友だものね？」

床までおりてきたヒカルに、甘えるように肩を抱かれてにっこりされて、この傍迷惑《はた》な親友が、まだ地球《ここ》にいることを実感しながら、呻《うめ》いたのだった。

「くうう、冗談《じようだん》じゃねー。このハーレム皇子《おうじ》。とっとと成仏しやがれ〰〰〰」

◇　◇　◇

ぶつぶつつぶやきながら教室へ向かう赤城是光を、他の生徒たちが怯《おび》えて避《さ》けてゆく。

その様子を、朝衣《あさい》は鋭《するど》い目で見つめていた。

昨日。夜になってようやく家に戻ってきた葵は、真っ赤な目をしていたけれど、表情は驚くほど澄んでいた。

「黙ってお出かけしてごめんなさい、朝ちゃん」

いつものようにおどおどもせず謝《あやま》り、朝衣が、

「赤城くんと一緒だったの？」

と尋《たず》ねると、

「ええ。とっても楽しかった。生まれ変わったみたいな気持ちです」

微笑みながら答え、朝衣はなんともいえない敗北感を味わったのだった。

（赤城是光……。彼は一体、葵になにを伝えたの）

いくら尋ねても、葵は話してくれなかった。

（ヒカルは、彼にどこまで話したの）

まさか、あのことも――。


「赤城氏のことが気になります？　斎賀《さいが》会長」

いつのまにか、ショートカットの小柄な少女――報道部の近江《おうみ》ひいなが、朝衣の近くに立っていた。眉《まゆ》をひそめる朝衣に、人なつこい顔でにこにこ笑いながら言う。

「ああいう、ねじくれて見えるのにまっすぐってタイプ、周りにいないから新鮮《しんせん》なんでしょう。わかります、うちの学園って表は品行方正《ひんこうほうせい》な良い子で、中身はえげつない人、多いですからねー。貴族的ってゆーか、自分、中等部から入学した庶民なのでそのへん

の感覚よくわかりませんけど」

朝衣が冷ややかな顔をしているのもおかまいなしに、早口でぺらぺらまくしたててくる。

「それに──」

ひいなの目が、少年っぽいしたたかな光を帯びる。

「赤城氏は、ヒカルの君の友達だったといいますから、もしかしたら赤城氏なら、ヒカルの君がどうして亡くなったのか知ってるかもしれませんしー。あ、でも、あの噂《うわさ》に関しては、斎賀会長のほうが心当たりあるんじゃないかと自分は睨《にら》んでるんですよ」

かまわず無視しようとしたとき、ひいなが、すっと手を動かし、携帯《けいたい》の画面を見せた。

朝衣がハッと息をのむ。

ひいなが、粘《ねば》り気《け》のある声で続ける。

「だって斎賀会長、ヒカルの君のお葬式のとき、笑ってましたよね」

そこには、泣《な》き濡《ぬ》れる少女たちの中で、一人おかしそうに微笑む朝衣の姿が映っていた。

帝門《みかど》ヒカルとは、何者だったのか？
あの花園の主《あるじ》の心を、正しく理解し得る者が、いたのだろうか。

肌を刺す冷たい雨が降りしきる葬儀の日、ヒカルの棺《ひつぎ》の周りに集う、たくさんの花々。
ヒカルというまばゆい光を浴びて咲《さ》き誇《ほこ》っていた花弁を、哀《かな》しみの黒に染め。
そこはさながら主《あるじ》を失い、枯れはてた花園。
みんなが涙を流す中、わたしは一人きり、微笑んでいた。

おかしくて。

彼の死を嘆《なげ》く女たちがおかしくて。なにも知らないのだと、おかしくて。

あなたの最後を、わたしだけが知っている。
わたしがあなたの命を終わらせた。
惑乱《わくらん》にして混沌《こんとん》。
あらゆる花に愛された——帝門ヒカル。

あなたの罪は、死では贖《あがな》えないわ。

幼年期の終わりに、きみがぼくが願ったこと

きみの願い

小学三年生の是光《これみつ》には、友達がいない。

先日、山へ遠足へ行ったときも、バスの一番後ろのシートに一人で座り、現地に到着してからも、クラスメイトたちが友達同士、にぎやかにおしゃべりしながら山を登ってゆく中、むっつりと唇《くちびる》を引き結び、鋭すぎる眼差《まなざ》しを前方に据え、一人黙々と山頂を目指《めざ》した。

途中《とちゅう》、足元に咲く可憐《かれん》な花や、枝に止まった小鳥などにも、もちろん目を向けない。目と目があえば、小鳥はクラスメイトたちと同じようにびびって逃げることを、よわい九歳にして是光は知っている。

頂上に辿《たど》り着《つ》いてからも、クラスメイトと一切交流をせず、身を隠《かく》せる場所を探してさまよい、ようやく見つけたその場所にピクニックシートを敷き、一人で弁当を食べるのだ。

まんいち教師の目にふれると、

「みんな、赤城《あかぎ》くんを仲間に入れてあげなさい」

などと言われてしまうかもしれない。

そうすると、仲良しグループを作って楽しそうにお弁当やおやつを食べていたクラスメイトたちが、シーンとなって是光から目をそらしたり、うつむいてもじもじしたりするから。

――赤城くんって、なんかこわーい。あの赤い髪《かみ》、不良だよ。

――五年生と喧嘩《けんか》して、怪我《けが》させたんだって。

――学校の前の田中《たなか》さんのおうちで飼ってる、ブルドッグのシンゲンに噛《か》みついたんだって。

そんな風に、噂《うわさ》されていることも知っている。

おまえ低学年のくせに生意気《なまいき》だぞと、からんできた五年生は、是光がフェンスの金網《かなあみ》に開いた穴を通って逃げたら、自分も同じようにそこを通り抜けようとして、そのままハマってしまい暴《あば》れたものだから、金網の先で腕や背中を切って、血だらけになって、わんわん泣いていた。

生徒たちに吠《ほ》えかかるので有名なブルドッグのシンゲンは、首輪がはずれて道路に飛び出し、是光に体当たりしてきた。

取り押さえようとして、シンゲンの首に顔を押しつけ、必死にしがみついていたら、三年生の赤城くんがシンゲンに嚙みついてる――っ、と叫ばれ、人が集まってきて大騒《おおさわ》ぎになったのだった。


「おれ……もう、友達とか別にいいや」

遠足を終えて帰宅した是光は、「弁当は、友達と食べたのか？」と無神経なことを尋《たず》ねる叔母の小晴《こはる》に、ぼそりと告げた。

みんな、おれの顔を見ると、生意気だとか、愛想《あいそ》がないとか、不良だとか言う。

お母さんもおれを置いて出て行ったし、きっと人に好かれない顔なのだろう。だったら他人に期待《きたい》せず、友達なんて最初から作らないと決めてしまえば、淋《さび》しい思いをすることもないんじゃないか。

けれど、出戻りの叔母は、厳《きび》しい眼差しで言うのだった。

「是光、あんたの見てくれが、標準よりちょっとばかし可愛《かわい》げがなくて凶暴《きょうぼう》そうで、やさぐれてんのは、あんたに友達ができないことの言い訳にはならないよ。あんたと同じ顔のじいさんは四十年も書道教室をやっていて、町内に囲碁《いご》仲間もいる。あたしも愚痴《ぐち》を言い合える友達がいるからね」

是光はハッとした。

確かに――祖父も小晴も、是光そっくりの悪人顔なのである。

食卓に家族が三人そろうと、悪だくみでもしているようだし、正月に珍《めずら》しく三人そろって神社に初詣《はつもうで》に出かけたら、おしくらまんじゅうのようにひしめきあっていた参拝《さんぱい》客《きゃく》が、さっと脇《わき》に避《よ》けた。

先日、赤城家に侵入した泥棒《どろぼう》は、彫刻刀《ちょうこくとう》を握りしめ鬼気迫《ききせま》る顔つきで版画を制作していた祖父を見て腰を抜かし、這《は》って逃げた先で、台所で鯵《あじ》をさばいていた小晴に、血に染まった包丁《ほうちょう》を突きつけられ、取り押さえられた。

鬼のすみかに迷い込んだのかと思った――と、警察《けいさつ》での取り調べの際、震《ふる》えながら供《きょう》述《じゅつ》したそうである。

近所の人たちは、よりによって、あの家に盗みに入るなんてねぇ……と、同情の面持《おもも》ちでささやきあった。

なのに、そんな祖父にも小晴にも〝友達〟がいる。

見た目が怖そうだったり凶暴そうだったりすることはハンデに違いない。けど、決して言い訳にはならない。言い訳にして、ひねて、あきらめてはいけない、それは男らしくないと、小晴は是光に教えているのだった。

同じ茨《いばら》の道を歩んできたであろう先人の言葉は、幼い是光の胸に、ずしりと落ちた。

同時に、希望を持った。

「……おれにもいつか、友達ができるかな」

期待でドキドキしながら尋ねると、

「ああ、あんたが他人と関《かか》わることをぶん投げたりしなきゃね。簡単にはいかないかもしれないけど、そのぶん、上っ面だけじゃない〝本当の友達〟ができるはずさ」

「ほんとうの、友達？」

「一生モンの友達。〝親友〟ってやつだ」

しんゆう。

それは、胸を震わせる響《ひび》きを持つ言葉だった。

是光は辞書で〝親友〟という字を調べ、離れにある祖父の書道教室で、生徒がいなくなったあと、一人文机《ふづくえ》の前に正座した。

墨《すみ》をすって、半紙に大きく〝親友〟と書く。

何枚も何枚も、大きく、しっかりと、同じ字を書いて、そのたび心臓《しんぞう》が嬉《うれ》しそうに高鳴った。

やがて、文机の周りは、〝親友〟という文字で、いっぱいになった。

なんて、ステキな字だろう。

カッコいい字だろう。

額《ひたい》にうっすらと汗をにじませ、頰《ほお》を紅潮《こうちょう》させて、是光はわくわくする気持ちで、たくさんの〝親友〟を見渡した。

今日は、一番上手《じょうず》に書けた字を、枕《まくら》の下に入れて眠ろう。

いつか会える親友の夢を、見られるかもしれないから。

ぼくの願い

「ヒカルはフケツです！　だいっきらいです！」

「え、葵《あおい》さん！」

小学三年生のヒカルは、弱っていた。

「また、葵を怒らせたの？」

葵と入れ違いに、子供部屋に現れた従姉《いとこ》の朝衣《あさい》が、さめた顔で言う。

朝衣も葵も、ヒカルよりひとつ年上の四年生で、今でも三人で遊ぶことが多い。

けど、最近葵から『ヒカルは、女ったらしです』とか『ヒカルは、わたしより、他の女の子といっしょにいるほうが、楽しいのでしょう』なんて言われたりすることが、前より増えた。頬《ほお》をふくらませて、ぷるぷる震えながら涙目で睨《にら》んでくる葵は、とても可《か》愛《わい》いが、帰ってしまうのは淋《さび》しい。

「遠足で、誰《だれ》と一緒のグループになったの？　って、葵さんにきかれたから、えりかちゃんと、文世《ふみよ》ちゃんと、優奈《ゆな》ちゃんと南《みなみ》ちゃんと志央梨《しおり》ちゃんだよって、おしえてあげただけなのに」

　しゅんとするヒカルに、朝衣が尋《たず》ねる。

「ヒカルのグループに、男の子はいないの？」

「うん、男の子はぼくが嫌いなんだ。誰もぼくを仲間に入れてくれない。今日も、クラスの藤原《ふじわら》くんに、『あいじんの子のくせに、ちょうしにのるな』って言われたよ。そしたら、えりかちゃんたちが十倍くらい言い返してくれて、最後はクラスの男子と女子で大喧嘩《おおげんか》になっちゃって……」

　――ヒカルくんは、とくべつなんだから！　やばんな男子となんか、口をきかないいんだから。

　――ヒカルくん、男子なんて放っておいて、あたしたちと宿題をしましょう。遠足も、あたしたちのグループに入ればいいわ。

　幼稚園《ようちえん》の頃から、助けてくれるのも庇《かば》ってくれるのも、教科書を忘れたとき貸してくれるのも、女の子だった。どの子も可愛くて優しくて、一緒にいるとお花畑にいるみたいで、気持ちがいい。みんな大好きだ。けど、男の子とも遊んでみたいとヒカルは思う。

なのに、教科書を忘れたので誰か貸して、と呼びかけると、男の子たちはそっぽを向いて、『女から借りればいいだろ』と意地悪《いじわる》く言うのだった。

「ねぇ、朝ちゃん。本当はぼくは男子とも仲良くしたいし、友達が欲しいんだ。えりかちゃんたちは『ヒカルくんのお嫁《よめ》さんにして』とか『かのじょにして』って言ってくれるけど、友達とは違うし……。どんな子なら、ぼくを友達にしてくれるのかな」

年上の賢《かしこ》く冷静な従姉は、しばらく黙っていたが、やがて愛想《あいそ》のない声で言った。

「ヒカルは自分の欲望に忠実すぎて、軽々しくて危なっかしいところがあるから、思慮《しりょ》深《ぶか》い友人を作るべきね」

朝衣はヒカルの知らない大人の言葉を使う。〝よくぼー〟も〝ちゅうじつ〟も、前に朝衣に教わった言葉だ。自分が欲しいものや、やりたいことに、正直すぎるということらしい。

けど、

「しりょぶかいって?」

「行動する前に、深く考える賢い人間のことよ」

「それって、朝ちゃんみたいだね」

ヒカルは澄んだ目で朝衣を見上げた。

表情はクールなまま、朝衣の肩がほんの少しだけ揺れる。

「だって朝ちゃんは、ぼくが知っているひとの中で、一番賢くて、しっかりしていて、ぼくや葵さんに、いろんなことを教えてくれるもの」

にこにこと、笑顔で言う。

「そうだ！　朝ちゃんと友達になればいいんだ！」

「だめよ」

「えっ、どうして？」

眉《まゆ》を下げるヒカルに、朝衣は強くて冷たい眼差《まなざ》しで、きっぱりと告げた。

「男の子と女の子は友達にはなれないのよ。一時的に友達になっても、それは見せかけで、本物ではないの。じきに壊《こわ》れてしまう脆《もろ》い友情よ。だからヒカルは、男の子と友達になりなさい」

「脆いって？」

「とても弱いということ。冬の朝の霜柱《しもばしら》みたいに」

「そうか……弱いんだ……女の子とは友達になれないのか。残念だな……」

ヒカルは本気でがっかりしていた。いい考えだと思ったんだけど。

朝衣は無言で、ヒカルを見つめている。

「朝ちゃんが、男の子ならよかったのかな」

朝衣の肩が、また少しだけ揺れる。

けど、ヒカルはすぐに首を横に振って、朝衣を見上げて笑った。

「ううん、やっぱり朝ちゃんは、女の子のほうがいいや。わかったよ！　朝ちゃん！　頑張《がんば》って〝しりょぶかい〟男の子の友達を作るよ」

朝衣が、どことなく気分が悪そうな表情で視線をそらす。

「……それがいいわ。女の子とではなく、男の子と遊ぶようにすれば、葵を怒らせることもなくなるはずよ」

そうして、素《そ》っ気《け》ない声で言った。

「葵、きっと階段の下で、もじもじしてるわよ。迎えにいってあげたら」

「うんっ、ありがとう、朝ちゃん」

ヒカルは明るい顔で子供部屋を飛び出し、階段を駆け下りていった。

朝衣の言ったとおり、階段の脇《わき》から、白いリボンがちらちらのぞいている。

「葵さーん！」

うろたえて逃げようとする葵の両手をぎゅっと握って、全開の笑顔で、

「待っててね。ぼくに男の子の友達ができたら、葵さんはもう、怒って帰っちゃったりしないよね。ずっとずっと、ぼくと仲良しでいてくれるよね」

と言ったのだった。

葵は真っ赤な顔で、目をきょときょとさせ、口をあうあう動かして、

「わ、わかりませんっ」

と怒っているような困っているような顔で、答えた。


その夜、ベッドの中で窓越《まどご》しに星を見上げながら、お願いした。

「どうか、男の子の友達ができますように。ぼくは、よくぼーにちゅうじつすぎるので、しりょぶかい友達だと嬉《うれ》しいです」

でも、朝ちゃんみたいな男の子は、クラスにはいない。

朝ちゃんほど〝しりょぶかい〟友達に出会うのは、とっても難《むずか》しそうだ。

そもそも〝しりょぶかい〟人なら、朝ちゃんがいればじゅうぶんなんじゃないか……。

なので、付け加えた。

「勇敢《ゆうかん》なひとでもいいです」

そう、みんなを助けるヒーローみたいな。

そんな友達も、きっと素敵《すてき》だ。

ふかふかの枕《まくら》に頭をうずめ、なんだかうきうきしながら目を閉じる。

いつか、本当に、本当に、そんな友達ができるといい。

そのひとは、別のクラスかもしれない。

そうしたら休み時間に友達のクラスへ行って、大きな声で言うんだ。

ねえ、教科書を忘れちゃったんだ、貸してくれるかな――。

あとがき

こんにちは、野村美月《のむらみづき》です。新シリーズ『ヒカルが地球にいたころ……』一話目〝葵《あおい》〟をお買い上げいただきまして、ありがとうございました！

『半熟～』で予告したとおり、ネタ本は『源氏物語』ですが、裏設定でもうひとつ別の名作が混じっていたりします。わかったかたは、にやりとしてみてください。

『半熟～』を書き終えたのが昨年の三月末で、新シリーズへの準備期間はじゅうぶんすぎるほどあり余裕でいたのですが、そこからが公私共に大殺界ど真ん中で、「もう間に合わないっ、五月刊なんて無理っっ」と何度も挫《くじ》けかけました。無事に刊行できて本当～～～～～～～～～～によかったです！

主人公の是光《これみつ》は、企画当初は、ごく普通の家庭に育った健全な（？）ヤンキーでした。が、「ヤンキーはオタクの敵第一位です」とのことで、ヤンキーと誤解されている不遇《ふぐう》な少年になり、さらに「背が高かったり実はイケメンだったりするのはリア充《じゅう》ぽいです。オタクの敵第一位はリア充です」と、あれこれ加えたり削《けず》ったりして、今の是光になりました。

というわけで、

主人公はヤンキーではありませんっっっ！

今はちょっとヒネていますが、少しずつ更正してゆく……はずです。

ところで、このアンケート、三位以降はどうなっているのでしょう？　気になります。シリーズタイトルの『ヒカルが地球にいたころ……』は、演劇集団キャラメルボックスさんの舞台『あなたが地球にいた頃』からつけました。はじめて見たときから、どんなお話なのだろうと、ずっと気になっていたタイトルです。残念ながら、すでに上演は終了していたのですが、シナリオ集で拝読することができました。胸に染み入る素敵《すてき》な物語で、偶然ですが主人公の妹が絵を描いていて、美術部で絵を描いている葵と重なり、不思議《ふしぎ》なご縁《えん》を感じています。

『ヒカル』の一作目を完成させるまで、本当にいろんなことがありました。

長年勤務《きんむ》してきて、居心地《いごこち》も待遇《たいぐう》も申し分なく、定年までお世話《せわ》になる気でいた仕事先が、昨年末に業績悪化《ぎょうせきあっか》で閉鎖《へいさ》してしまったこともそのひとつです。

新作が完成しだい就活する予定でいたのが、なかなか決定稿に至らないまま四月まで来てしまいました。一日中家にいたので、冬の暖房費《だんぼうひ》がえらいことになっています。想像をはるかにぶっちぎった未知の数字が並んでいるのを見て、卒倒《そっとう》しかけました。

体重もじわじわ増え、体力もガタ落ちで、美容にも健康にもよろしくありません。早急に新しいバイトを見つけなければ！　と心に誓《ちか》っています。

あとがきでバイトしていますと書いたせいでしょうか。「作家だけではごはんが食べられないのですか？　そんなに生活が苦しいのですかっ」と聞かれることが、最近とても多いです。

ご心配いただいてすみません。そんなことはありません。ありがたいことに、ファミ通文庫さんでのデビュー時から、地道に生活してゆくにはじゅうぶんなお仕事をさせていただいております。ただ、めんどくさがりで家にいるのが大好きなので、外で働いていないと、延々引きこもって、睡眠時間が一日二十時間とかになりそうで……。やっぱり私の場合は兼業のほうがよいなーと思うのです。

早朝の道を、きちっとした服を着て、しゃきしゃき歩くのは、お布団《ふとん》で微睡《まどろ》んでいるのと同じくらい気持ちがよいです。頑張《がんば》ってバイトを探します！


『ヒカル』の二話目は、巻末予告のとおり『夕顔《ゆうがお》』です。

『ヒカル』は、お別れの物語です。読み終えたあと、切ないけれど晴れやかな優しい気持ちになれる。そんなお話になればよいなと思っています。『夕顔』のあとも『若紫《わかむらさき》』『朧月夜《おぼろづきよ》』と続けてゆけるよう頑張りますので、どうか最後までおつきあいください。

二〇一一年　四月三十日　野村美月

あと描き。

"文学少女" に 続いて また ご一緒 することになりました。

よろしくお願い 致します ——!

竹岡美穂

今回は キャラデザが
難航しまくりで……。
みなさん3・4回は変身しました。
コレミツが一番リテイクが少ないので
描くと なごむようになってしまった……。

ヤンキーというより
歌舞伎顔。

「……哀しみも……痛みも……遠い世界の、出来事なのよ……。
ここでは、傘を差さなくても……平気……なの」

「もし、ぼくが殺されたって言ったら、
きみはぼくを殺した犯人をつかまえてくれる？」
ヒカルに囁かれ、是光が訪れたボロアパートの一室にいたのは、
内気で儚い、引きこもり少女で——!?

〝夕顔〟

ヒカルが地球にいたころ……②

著／野村美月
イラスト／竹岡美穂

Coming Soon!

●ご意見、ご感想をお寄せください。
ファンレターの宛て先
〒102-8431 東京都千代田区三番町6-1　株式会社エンターブレイン ファミ通文庫編集部
野村美月　先生　　　竹岡美穂　先生

●ファミ通文庫の最新情報はこちらで。
FBonline　**http://www.enterbrain.co.jp/fb/**

●本書の内容・不良交換についてのお問い合わせ。
エンターブレイン カスタマーサポート　**0570-060-555**
（受付時間 土日祝日を除く 12:00～17:00）
メールアドレス：**support@ml.enterbrain.co.jp**

FB Famitsu Bunko

ファミ通文庫
〝葵《あおい》〟ヒカルが地球《ちきゅう》にいたころ……①

二〇一一年六月一〇日　初版発行

著者　野村美月《のむらみづき》
発行人　浜村弘一
編集人　森 好正
発行所　株式会社エンターブレイン
〒一〇二-八四三一　東京都千代田区三番町六-一
電話　〇五七〇-〇六〇-五五五（代表）
発売元　株式会社角川グループパブリッシング
〒一〇二-八一七七　東京都千代田区富士見二-一三-三
編集　ファミ通文庫編集部
担当　荒川友希子
デザイン　高橋秀宜（Tport DESIGN）
写植・製版　株式会社ワイズファクトリー
印刷　凸版印刷株式会社

定価はカバーに表示してあります。

の2
11-1
1036

ISBN978-4-04-727281-1